Les héritiers de La Bastide

Jean-Louis Magnon

Les héritiers de La Bastide

ROMAN

Albin Michel

1

Maréchal ouvrit les yeux. Il frissonna. Pourtant derrière lui le feu brûlait toujours dans la cheminée de l'auberge. On entendait les craquements des bûches dont de gros morceaux incandescents retombaient les uns sur les autres. Il était assis dans un fauteuil, dans le hall de la réception. La baie vitrée à petits carreaux distillait une lumière parcimonieuse qui parvenait mal à vaincre l'obscurité du soir. Dehors, tout était flou. Sa montre marquait six heures du soir. On était le 23 décembre.

Le silence l'étonnait. Quand il avait commencé à somnoler, la patronne de l'auberge était encore à son bureau, feuilletant son registre en commentant le temps qu'il faisait, qu'il avait fait, qu'il allait faire. Il lui avait répondu distraitement, puis, engourdi par la chaleur et fatigué par sa longue marche de l'après-midi dans les rues, il avait cédé au sommeil.

Des éclats de voix retentirent dans la cage d'escalier qui s'ouvrait à deux mètres de son fauteuil et s'élevait vers des hauteurs très sombres. La patronne houspillait une de ses employées dans les étages. Cela cadrait bien avec le caractère très volontaire qu'il lui avait imaginé. Il avait envie de se lever mais ne s'en sentait pas le courage. Il maugréa contre sa paresse et se dressa. Une crampe dans le mollet droit lui rappela qu'il avait beaucoup marché. Il frotta la vitre de la baie couverte de buée et regarda au-dehors. Devant lui s'allongeait la rue principale de La Bastide. Elle était déserte. Seul signe de vie, la croix verte de la pharmacie clignotait avec une régularité de métronome. La neige des trottoirs avait fondu mais les toits blancs tranchaient avec la teinte sale d'un ciel tout encombré de nuées grises sauf vers l'ouest, en direction de la plaine où une vague lueur plus claire indiquait le couchant. Ce ciel bouché, les façades sombres et les rues mouillées dégageaient une impression de tristesse et d'abandon que ni la croix verte ni les lampadaires publics jaunâtres qui commençaient à s'allumer ne parvenaient à briser. Malgré la proximité de Noël il n'y avait ici aucun préparatif de fête. Dès son arrivée, Maréchal avait remarqué que seule la place centrale du bourg et ses rares boutiques étaient illuminées.

Il refusa de céder au découragement, secoua les épaules et abandonna son poste d'observation.

La patronne descendait l'escalier. C'était donc bien elle qu'il avait entendue récriminer tout à l'heure. En le voyant, elle sourit aimablement, il s'efforça de lui répondre de la même façon, mais le cœur n'y était pas. Il n'avait rien contre elle, il ne la connaissait pas. Mais il se connaissait, lui ! Et il savait depuis longtemps que ce genre d'humeur massacrante lui venait toujours quand il agissait contre son gré. C'était le cas ! Il faillit ressasser pour la dixième fois toutes les raisons qui l'avaient forcé à accepter de venir dans ce bled faire cette causerie. Écrire des livres, oui. En parler ? Très peu pour lui. Les autres n'avaient qu'à le faire à sa place s'ils le souhaitaient. Mais il n'était pas un « auteur médiatique ». Il ne l'avait pas vraiment choisi, mais s'en accommodait très bien.

– Je me suis assoupi un moment, personne ne m'a demandé pendant ce temps ?

– Non, évidemment…

Elle sourit, comme si elle excusait sa naïveté. Il réalisa aussitôt qu'il avait posé une question stupide : le fauteuil était à côté du téléphone et si quelqu'un était venu… Il faillit s'expliquer et y renonça. Cela aussi, il l'avait appris : ne pas s'enferrer, souvent il valait mieux se taire. Il fut « sauvé » par des claquements rapides de talons dans l'escalier. Une des bonnes apparut, une jeune fille plutôt dodue qui portait avec difficulté un paquet de draps roulés en boule et descendait les marches d'un pas saccadé, manquant à tout instant de perdre ses mules. Ses yeux étaient rouges, elle venait de pleurer. La patronne portait sur elle un regard dur. Maréchal la trouvait de moins en moins sympathique. La petite s'échappa vers un couloir qui s'enfonçait dans l'obscurité jusqu'aux pièces de service d'où venait une odeur de cuisine.

Maréchal poussa violemment la porte à tourniquet et sortit dans la rue. Il respira un grand coup et sortit de sa poche son paquet de Gauloises, puis son briquet. Les premières bouffées le calmèrent. Il remonta le col de sa veste en frissonnant et se dirigea vers un petit square construit autour d'un immense platane qu'il n'avait pas remarqué en arrivant et au pied duquel il découvrit une stèle à la mémoire de Jules Valier, l'enfant du pays, une des grandes admirations de sa jeunesse. L'écrivain célèbre était le sujet de la causerie qu'il était venu donner à La Bastide. Sous un médaillon où l'on reconnaissait vaguement le portrait de Valier on avait gravé une de ses phrases. Au lieu d'une des formules magnifiques dont il était l'auteur, on avait choisi une de ces banalités dont même les grands hommes se rendent parfois coupables. Dommage !

Dans le lointain, on entendait des coups de Klaxon rageurs. À son étonnement, le retour de la civilisation le rassura. Une voiture déboucha d'une petite rue et vint se garer devant l'auberge. Il était dix-huit heures trente. Il reconnut le break Volvo de Jeannine Charles. Elle était pile à l'heure.

Quand elle descendit, il admira une fois de plus la silhouette élancée de l'amie de Laetitia. Elle portait un long manteau noir et un bonnet de laine rouge. Entendant ses pas sur le trottoir, elle se retourna au moment où elle allait pousser la porte à tourniquet de l'auberge.

– Ah, Franck, vous êtes là…

– Bonsoir. (Il crut bon d'expliquer sa présence dans cet endroit sans attrait :) J'avais besoin de me dégourdir les jambes.

– Il fait doux ce soir, dit-elle, mais ça ne durera pas. La météo prévoit de la neige cette nuit. Espérons que ce sera après notre réunion.

Il faillit lui dire que cela ne le gênerait pas qu'on annule ladite « réunion ». Mais il appréciait trop Jeannine pour lui faire de la peine. Il admira une nouvelle fois l'éclat de ses yeux gris, son regard très doux qui pouvait donner le change à ceux qui ne connaissaient pas son caractère très volontaire.

– Si vous voulez, on va prendre vos affaires et nous avancer.

Un quart d'heure plus tard, Jeannine Charles lançait avec témérité la Volvo vers les pentes abruptes qu'on devinait au-delà de rideaux d'arbres noirs et serrés qui formaient un écran de chaque côté de la chaussée.

La montre du tableau de bord indiquait dix-neuf heures. Elle était entourée d'autres cadrans et de nombreuses petites lumières vertes et rouges. Il songea à sa 4L qui au même moment devait se couvrir des dernières feuilles des arbres du jardin de La Valette. L'absence de toutes ces lampes et cadrans ne l'avait pas empêché de parcourir plus de deux cent mille kilomètres sur les routes des Cévennes et d'ailleurs. De là à conclure à leur inutilité, il n'y avait qu'un pas ; il le franchit sans vergogne et poussa un soupir d'aise comme à chaque fois que ses propres conclusions confortaient sa manière de vivre. Parfois il lui arrivait de s'apercevoir qu'elles avaient été un peu optimistes, mais sur le moment c'était agréable.

Le ciel était chargé et de gros nuages gris roulaient à toute vitesse, seul un fin liseré clair soulignait les sommets vers l'ouest. Depuis leur départ de l'auberge, ils avaient peu parlé. Jeannine Charles paraissait soucieuse. Il s'était retenu de lui demander ce qui n'allait pas. Si elle avait besoin de raconter, elle le ferait ou à un autre. Il avait l'habitude que les gens le prennent comme confident. Au surplus, cela ne le regardait pas. Comme si elle avait deviné ses pensées, elle dit :

– Excusez-moi, Franck, j'ai des soucis avec ma fille.

– Laquelle ? Judith ?

– Non, pourquoi imaginez-vous ça ?

Il soupira. Des deux filles des Charles, Judith était la plus rebelle. Elle avait dix-huit ans. Toujours habillée de pendeloques de tissus divers au grand dam de sa mère, elle passait son temps à détruire son audition avec les vociférations de son baladeur MP3. Maréchal avait toujours été heureux qu'elle s'abstienne de le lui faire écouter. Et surtout, elle connaissait depuis longtemps de graves difficultés scolaires car elle était incapable de se couler dans le moule de l'Éducation nationale. Apparemment, cette fois-ci il s'agissait de Julie.

Par contraste, l'aînée semblait une perle. Âgée de vingt ans elle ressemblait aussi peu que possible à sa cadette. Après des études secondaires brillantes, elle poursuivait une licence de biologie à Montpellier.

– Pour rien. Que se passe-t-il ?

– Elle a laissé tomber Jérôme.

Maréchal sourit. Ce n'était que ça ! Il ne broncha pas.

– Elle s'est entichée d'un type qui ne me plaît pas.

Il connaissait Jeannine depuis des années, en fait depuis qu'il avait rencontré Laetitia, puisque c'était cette dernière qui la lui avait présentée ainsi que son mari Michel, second violon dans son orchestre. Jeannine avait abandonné une prometteuse carrière de pianiste pour élever ses enfants. Le ton qu'elle venait d'employer l'alerta.

– Qu'avez-vous à reprocher au nouveau venu ?

– Il ne me plaît pas, répéta-t-elle. Je crois qu'il peut avoir sur ma fille une mauvaise influence. C'est un garçon sans moralité.

Maréchal essaya de se souvenir de ce que signifiait autrefois ce terme. On l'employait si peu désormais. Il aurait aimé jouer de la dérision qu'il affectionnait : « De la moralité, ma pauvre Jeannine, mais de quoi parlez-vous ? Aujourd'hui tout le monde parle de morale. Et regardez… » Mais elle avait vraiment l'air soucieux.

– Julie est une fille très bien, affirma-t-il. Et elle sait où elle va.

– Elle le savait jusqu'à aujourd'hui. Je crains que ce ne soit plus tout à fait le cas. Heureusement que Romain, lui, ne change pas.

Elle n'acheva pas. Le petit dernier des Charles, le chouchou de sa mère, dix-sept ans, ne posait jamais l'ombre d'un problème. Études excellentes, passionné de foot et de jeux vidéo, gentil avec ses parents, leurs amis, toujours le sourire. La crème des enfants. Maréchal l'aimait bien.

Une moto déboucha d'un virage en épingle à cheveux. Le type dévalait la pente et son engin passa à quelques centimètres de l'aile avant de la Volvo. Jeannine donna un brusque coup de volant vers la droite et les roues firent jaillir une gerbe d'eau. Maréchal garda pour lui ses commentaires habituels sur les motards.

– Ça a été juste ! lança Jeannine.

Il acquiesça.

– Pour Julie, il ne faut pas vous faire trop de souci. Elle saura faire la part du feu, j'en suis sûr.

– Je l'espère, Franck ! C'est ce que dit Michel. Mais ce que dit mon mari…

Ce n'était pas la première fois qu'elle critiquait l'attitude de son mari. Il y avait *quelque chose,* on était loin de l'union parfaite que Michel et Jeannine Charles avaient représentée, des années durant, aux yeux de leurs amis.

Il faisait presque nuit maintenant, bien qu'il fût à peine sept heures vingt. Depuis un moment, les phares éclairaient les premières plaques de neige, faisant gicler des volées d'étincelles. La route était recouverte d'une fine couche malgré le passage du chasse-neige, qui avait laissé de gros bourrelets sales sur les bas-côtés. Loin en avant on distinguait de vagues lueurs jaunes.

– La grange est là-bas, dit Jeannine en les montrant du doigt.

– Et votre chalet ?

– Encore plus haut, bien au-dessus des sapins.

En effet, une ligne discontinue d'ombres chinoises crénelées découpait le ciel au-dessus des lumières de la grange. Avec un peu d'imagination on pouvait deviner des sapins. Le chalet des Charles était vraiment en pleine montagne. Maréchal regrettait moins d'avoir accepté de loger chez eux après sa causerie. Il était venu en train et aurait préféré rentrer le soir même à La Grézade. Mais Laetitia avait insisté pour qu'ils restent aux Myrtilles – c'était le nom du chalet – quelques jours. C'était la première fois qu'ils voyaient les Charles ailleurs qu'à Montpellier où ils avaient une villa, ne se rendant à La Bastide que pour les vacances. Laetitia elle-même n'était venue qu'une fois aux Myrtilles, l'année précédente. Depuis, elle en parlait avec une telle chaleur qu'il avait fini par accepter l'invitation – et la causerie. Il serait volontiers venu avec sa 4L, mais la jeune femme avait mis en avant qu'elle arriverait avec la Golf dans la soirée après leur concert de l'après-midi en compagnie de Michel Charles qui aurait sa propre voiture. Maréchal avait soupçonné une certaine réserve vis-à-vis de la Renault, mais n'en avait rien laissé paraître. La perspective de se retrouver au milieu de la forêt et dans la neige – Jeannine avait parlé de nouvelles chutes prévues – l'enchantait déjà.

– Je me demande d'où venait ce type en moto, dit Jeannine.

– Pourquoi ?

– À ma connaissance, personne n'en possède dans le secteur.

– Peut-être s'est-il trompé de route ? suggéra Maréchal au hasard.

– Oui, sans doute. Ah ! Marie et les autres sont déjà arrivés.

Alors qu'elle tournait, les phares de la Volvo éclairèrent plusieurs voitures rangées près d'une dépendance et une grange en pierre devant laquelle Jeannine se gara. Quand elle éteignit ses codes, il vit par la large porte grande ouverte que l'intérieur de la bâtisse était illuminé. De la lumière apparaissait aussi plus haut à travers plusieurs petites ouvertures étroites comme des meurtrières. C'étaient elles qu'il avait dû apercevoir en montant.

Lorsqu'il descendit, ses souliers firent crisser la neige. Il sourit, cela faisait tellement longtemps qu'il connaissait ce bruit. Cela faisait… Enlever cinq ou six ans à son âge ne changeait rien à la réalité. Elle lui importait à peine d'ailleurs, il avait fait ses propres calculs. Seul comptait le présent. Il s'efforçait toutefois de s'en persuader.

Il faisait beaucoup plus froid que dans le bourg et l'air sentait la neige fraîche. Cela venait de loin, de beaucoup plus loin que la forêt, sans doute des grandes hauteurs sur lesquelles venaient crever les nuages qu'il distinguait parfois en train de rouler dans un ciel qui paradoxalement paraissait, malgré l'heure tardive, moins sombre que dans la vallée.

On entendait des voix gaies et des rires à l'intérieur de la grange. Il s'arrêta au milieu du perron pour contempler les nuages et humer le fond de l'air. Jeannine l'appela.

– Venez, Franck, je vais vous présenter.

Au lieu de lui dire qu'il aurait préféré marcher un peu, ou, qui sait, construire un bonhomme de neige, il répondit avec gentillesse :

– J'arrive, j'arrive…

Il fut ébloui en entrant. On aurait dit qu'on avait voulu éclairer le moindre recoin de cette vaste salle, ne laisser aucune place à l'ombre, se protéger de celle, menaçante, du dehors et de la montagne ou de la nuit elle-même. Mais peut-être se faisait-il des idées, et que personne ne savait régler l'éclairage de cet endroit dédié, ainsi que l'avait défini Jeannine, à des spectacles « culturels ». Ce dernier mot agaçait toujours Maréchal quand on l'accolait – c'était souvent le cas – à tout et à rien. Jeannine avait fondé dix ans auparavant à La Bastide une association à laquelle elle consacrait une grande partie de ses loisirs, ce que compliquait beaucoup le fait qu'elle vive près de Montpellier la plupart du temps. Maréchal savait par Laetitia que c'était pour elle un ballon d'oxygène dans une vie familiale très chargée.

– Voici Marie.

Jeannine ouvrit les bras pour embrasser une ravissante blonde d'une trentaine d'années dont les yeux verts pétillaient en regardant Maréchal qui hésitait encore à pénétrer dans toute cette lumière.

– Approchez Franck ! Je vous présente Marie Péchin, notre secrétaire générale et unique. Marie est bibliothécaire à La Bastide. Et elle a lu tous vos livres, n'est-ce pas ?

– C'est exact, répondit la jeune femme en tendant la main. Et je les apprécie beaucoup.

Elle rougit légèrement et murmura :

– Je ne sais quoi vous dire...

– Ne dites rien ! dit Maréchal en souriant. C'est toujours préférable.

Il était sincère. Jeannine l'entraîna vers une longue table autour de laquelle deux hommes fixaient du papier crépon avec une agrafeuse. Le plus grand avait environ quarante ans, un visage sévère et un bouc coupé ras. Maréchal nota que son regard se porta aussitôt sur Marie Péchin. Jeannine annonça :

– Lionel Mestre.

– Très heureux de vous accueillir, monsieur Maréchal, dit-il en lui serrant cordialement la main.

– Heureux et fiers aussi, ajouta avec empressement

le jeune homme qui l'aidait, un garçon de vingt-cinq ans environ, maigre comme un coucou, dont le regard se posait sur l'écrivain avec admiration.

– Ne faites pas tant de façons ! dit Jeannine. Vous allez gêner Franck ! Notre trésorier : Paul Marsac.

Une porte s'ouvrit au fond de la salle. Une petite rousse entra. Elle portait trois chaises pliantes.

– Voici Martine Mestre, déclara Jeannine. La femme de Lionel.

Maréchal, la voyant tout intimidée, s'approcha pour la saluer.

– Bonsoir madame, je peux vous aider ?

– Vous n'y pensez pas ! s'écria Paul Marsac en se précipitant.

– Paul, laissez ça ! Je peux très bien porter ces chaises moi-même.

La jeune femme avait parlé sur un ton un peu douloureux comme si une telle explication lui coûtait. Un voile de tristesse flottait dans son regard. Elle continua son chemin avec ses chaises pendant que Paul Marsac s'engouffrait à son tour dans la pièce voisine dont il revint aussitôt avec d'autres sièges. Lionel Mestre avait eu un regard désapprobateur en le voyant se précipiter vers sa femme mais il était revenu aussitôt à son papier crépon. Voyant qu'on faisait le travail à sa place, la rousse parut encore plus découragée, et s'asseyant sur une des chaises à une petite table, elle rangea sans conviction des bulletins de l'association.

Maréchal observait tout cela avec amusement. Il fréquentait peu ses semblables, fuyait les groupes organisés et les associations. Il se dit que ce devait être drôlement difficile de faire marcher des gens aussi différents d'un même pas. Ce qu'il avait entendu dire par Laetitia du groupe de Jeannine Charles, tendait à prouver qu'elle y parvenait. Il la regarda. En compagnie de Marie Péchin, elle feuilletait un gros classeur et donnait à la secrétaire des indications. Une véritable organisatrice. Encore une qualité qui faisait défaut à l'écrivain. Il sourit et s'approcha de la rousse.

– Il fait meilleur ici que dehors.

– C'est grâce à ça, dit-elle en montrant deux gros appareils de chauffage au gaz qui se dressaient tels des champignons rouges dans les angles de la salle et qu'il n'avait pas remarqués.

Il pensa aussitôt qu'il sortirait d'ici avec une migraine.

– Vous faites quoi dans l'association ? demanda-t-il.

Elle le regarda avec surprise.

– Mais rien du tout ! C'est seulement pour accompagner Lionel que j'ai accepté de faire partie du bureau.

Elle avait prononcé ces derniers mots avec fermeté comme pour montrer que tout cela ne la concernait guère. Il pensa alors que tout ce qui l'intéressait c'étaient les raisons de cette tristesse invincible qui se dégageait de son regard et qu'elle seule connaissait. Il aurait pu en être irrité, il en fut ému. Il opina vaguement et s'éloigna. Il entendit Jeannine demander à Lionel Mestre :

– Vous n'avez pas vu quelqu'un avec une moto, il y a un moment ?

– Bien sûr ! Devinez qui c'était ?

– C'est justement ce que je vous demande ! s'exclama-t-elle.

– Marie est ici, alors, vous devriez vous en douter.

– Jérémie Perle ?

– Qui d'autre à votre avis ? persifla le barbu.

– Je ne savais pas qu'il avait une moto.

– Moi non plus. C'est nouveau.

Visiblement, Mestre ne portait pas ce Jérémie dans son cœur, et semblait tenir à la tranquillité de la jolie Marie... Maréchal sortit fumer.

La nuit était tout à fait tombée. On ne distinguait aucune étoile. Et de nouveau il sentit cette odeur de neige. Il alluma une Gauloise, toussa dès la première bouffée, se demanda pourquoi il fumait et tira de nouveau sur le bout filtre, le seul progrès qu'il ait fait depuis sa dernière résolution d'arrêter.

Le parfum de la forêt de pins balayait par vagues l'esplanade devant la grange. Un roucoulement se fit entendre dans un des arbres, puis un claquement d'ailes. Il s'avança de quelques pas. Un hurlement retentit dans la direction de la route, des pneus crissèrent et une lueur apparut. Trois secondes plus tard, une Mini Cooper rouge se gara au milieu du passage à un mètre de lui. Le capot fumait à cause de la vapeur dégagée par une poignée de neige tombée d'un arbre sur la carrosserie. La portière s'ouvrit. Une femme descendit, Maréchal la détesta tout de suite. Elle avait au moins soixante ans, mais s'habillait comme une jeunesse, avec une jupe trop courte, un chemisier transparent et un léger manteau léopard qu'elle jeta sur ses épaules après l'avoir extrait de son véhicule. Blonde, avec quelques mèches mordorées, et outrageusement maquillée. Ses yeux en particulier, chargés de mascara, épouvantèrent Maréchal.

Son ramage équivalait à son plumage, songea-t-il quand elle s'écria d'une voix haut perchée :

– Ah, c'est donc vous moooonsieur Maréchal !

Il acquiesça de la tête et répondit, imperturbable :

– Bonsoir madame.

– Un grand écrivain comme vous, ici, parmi nous, dans cette grange !

Elle avait prononcé ce dernier mot avec dégoût. Maréchal s'aperçut qu'elle lui tendait maintenant la main. Il se demanda si elle n'attendait pas qu'il embrasse ces doigts au vernis agressif. Il les serra sans insister. Il fut sauvé par Jeannine.

– Yolande, vous voilà. Comment allez-vous ?

– Bien, ma foi. Et vous-même ?

Sans lui laisser le temps de répondre, elle poursuivit :

– J'ai fait la connaissance de M. Maréchal.

– Yolande Delmas est notre vice-présidente et notre mécène…

L'autre, tout en se rengorgeant, balaya le qualificatif d'un geste de la main :

– Ne parlons pas de ça, quand on peut, n'est-ce pas…

Maréchal était stupéfait. Jamais il n'aurait imaginé que Jeannine, qui était la simplicité même, puisse se prêter à une telle comédie. Mais elle avait sans doute ses raisons. Déjà son amie entraînait sa protectrice à l'intérieur. Il l'entendit dire :

– Ce Maréchal est très bien. Comme homme, je veux dire.

Il frémit. Il finit sa cigarette et jeta le mégot dans la neige où il crépita. Il s'en voulut. On ne laisse pas ses déchets n'importe où. En tout cas, lui ne le faisait pas d'habitude. Les déchets, la pollution ? Ici, au milieu de cette forêt immaculée, il fallait y croire. Il essaya de retrouver la cigarette et réussit tout juste à se geler les doigts. Il maugréa et abandonna. En relevant la tête, il vit deux choses. La lune venait de se lever au-dessus des sapins qui ourlaient le sommet de la montagne. Et depuis la porte de la grange, un regard inquisiteur était fixé sur lui. Celui de Lionel Mestre. Il ignora le barbu et fit quelques pas. Il regrettait de ne pas porter de gants et il devait admettre que ses chaussures, parfaites sur les chemins de La Grézade, ne convenaient pas du tout ici. Il revint vers la grange. Mestre avait disparu. Les préparatifs étaient terminés. Les chaises étaient alignées devant l'estrade, et les membres de l'association étaient réunis autour de Jeannine.

– Ah, Franck, il faudrait qu'on se fasse un petit programme.

Il grimaça, Jeannine sourit.

– Vous préférez improviser ?

– Pour être sincère, oui.

– Comme vous voulez. Après tout, vous connaissez bien votre sujet.

Oui, il connaissait bien le « sujet ». Il n'aurait pas à se forcer, il admirait Jules Valier. Elle eut l'air rassuré et jeta un coup d'œil à sa montre.

– Il est huit heures. Ils ne devraient plus tarder maintenant.

Une heure et demie plus tard, Maréchal répondait aux questions des assistants. Sa « prestation » avait été un succès. Il avait même éprouvé un certain plaisir à parler de Valier, et parfois l'impression que celui-ci reprenait un peu vie par sa bouche. Il ne regrettait plus d'être venu. Quelques personnes étaient déjà reparties, on parlait de chutes de neige pour la nuit. Mais les autres se pressaient autour de l'écrivain. Il remarqua à plusieurs reprises le regard que Mestre posait sur Marie Péchin. La jeune femme était éblouissante et attirait les regards masculins. Machinalement, il chercha la rousse du regard et ne la vit pas. Paul Marsac lui posa une question sur les amis de Valier. Il aurait eu envie de lui dire que, dans la vie des gens et encore plus dans celle des écrivains, il ne fallait pas chercher trop loin, mais face au regard admiratif de son interlocuteur, il répondit aussi simplement que possible. Cinq minutes plus tôt, il avait compris à une question du jeune homme qu'il écrivait en secret. Maréchal ne souhaitait qu'une chose : que Marsac ne lui demande pas son avis sur ses manuscrits. Il trouvait déjà si difficile de juger son propre travail, alors celui des autres…

Il aperçut une silhouette qu'il connaissait bien. Laetitia entrait en compagnie de Michel Charles. Son cœur bondit comme à chaque fois qu'il la voyait. Et comme à chaque fois qu'ils se retrouvaient depuis un an, il se souvenait avec un peu de honte de ce moment où il avait cru qu'elle l'avait quitté à jamais pour ce Franz, ce musicien qui n'aimait que les hommes. Il était un imbécile. Pourtant elle lui avait bien dit à l'époque qu'elle ne le quittait pas. Qu'elle prenait juste du recul. Mais lui, avec ses idées d'autrefois…

– Franck ! Tu rêves ?

– Oui, je crois, un peu…

Michel Charles lui tendait la main. Il la serra, ce qui lui permit de retrouver une contenance. Il se demanda s'il pouvait embrasser Laetitia, mais décida que non.

À cet instant, des cris retentirent à l'extérieur et une femme entra en courant, le visage hagard. Il l'avait aperçue dans l'assistance pendant sa conférence. Comme s'il représentait l'autorité, elle vint droit sur lui et cria d'une voix aiguë, un peu hystérique :

– Il y a quelqu'un de mort là-bas, dans la neige, une femme !

2

Maréchal cligna des yeux. Il y avait trop de lumière. Il laissa retomber le rideau qu'il avait soulevé du doigt pour regarder au-dehors. Il baissa les paupières, les releva lentement puis, une fois ses yeux accoutumés, fit remonter légèrement le voilage.

Devant le chalet s'étendait une surface couverte de neige qui à la belle saison devait être occupée par une splendide prairie. Ce 24 décembre, à dix heures trente du matin, ce n'était que du blanc jusqu'à la ligne sombre des sapins qui encerclaient la propriété. Ils se dressaient comme des sentinelles et partageaient d'un trait noir l'horizon écrasé de bleu qui dominait la pente vers le nord. À droite, à travers le double vitrage couvert d'une fine buée, il apercevait le chemin qui menait au chalet et, en tordant un peu le cou, l'amorce des premiers lacets de la route de La Bastide descendant vers la vallée. Il distinguait le parapet du petit pont en pierre qui enjambait le torrent du Labron comme l'avait nommé Jeannine Charles la veille au soir.

Il eut l'impression d'un scintillement au-dessus du pont et distingua les reflets du soleil sur le pare-brise de la Volvo. Le chasse-neige de l'Équipement, passé tôt le matin, avait dégagé le passage jusqu'au pont. La voiture remonta vers le chalet et se gara. Jeannine Charles en descendit. Alors qu'il ouvrait la porte, il lui trouva une mine défaite. Elle réussit pourtant à sourire et lança un « bonjour Franck ! » presque gai. Le coffre était rempli de sacs de courses.

– C'est fou ce qu'il pouvait manquer de choses dans cette maison ! Il me faut vraiment penser à tout ici.

Il remarqua de nouveau une certaine âpreté dans le ton, la même que la veille lorsqu'elle s'était opposée à son mari à propos de volets mal fermés quand ils étaient arrivés au chalet. Laetitia lui avait raconté qu'une des filles de l'orchestre, une jeune choriste, tournait autour de Michel depuis quelque temps. Cela avait-il un rapport ?

« Ça ne te regarde pas », se dit Maréchal, tout en s'emparant de plusieurs poches dans le coffre. Elles étaient lourdes. Il y avait là de quoi soutenir un siège et il allait falloir imposer à leurs hôtes une participation aux frais. Il laisserait Laetitia s'occuper de cette négociation, elle s'en sortirait bien mieux que lui. Il aurait été plus à l'aise s'il avait tout payé !

Un moment plus tard, ils avaient empilé les sacs sur la table de la cuisine. Il voulut l'aider encore.

– Non, Franck, laissez-moi faire. Je suis la seule à pouvoir m'y retrouver dans mes placards.

Il fut heureux de voir qu'elle avait retrouvé, en apparence au moins, sa bonne humeur et sa gentillesse. Un journal dépassait d'une des poches, il le prit. C'était l'édition du jour du *Journal* de La Bastide. Il sortit sur la terrasse, et installé à la table en teck qu'on avait ressortie la veille, il déplia le journal. La une était barrée d'un gros titre rouge : MEURTRE À LA BASTIDE. Il se souvint du journaliste qui avait signé l'article, un grand type entre deux âges, au visage chafouin, vêtu d'un imperméable mastic hors de propos dans ce paysage de neige. Maréchal, qui l'observait avec inquiétude, craignant qu'il ne saute sur l'occasion pour l'interviewer et avoir ses impressions sur le crime, avait remarqué l'intelligence de son regard. L'article corroborait son sentiment. En dehors du titre, peut-être dû au rédacteur en chef, le journaliste avait évité le sensationnel. Il ne donnait aucun détail sur les blessures de la victime, affreuses au demeurant. Bien d'autres s'en seraient emparés. Maréchal apprit qu'Hortense Rives était âgée de cinquante ans, et tenait avec sa mère Eulalie une supérette sur la place principale. Le journaliste, Antoine Delacroix, expliquait que la victime faisait partie de l'association culturelle des Amis de Jean Valier et qu'elle était venue assister à une conférence donnée par l'écrivain Franck Maréchal. Delacroix terminait son article en indiquant que l'enquête était confiée à la brigade de gendarmerie de La Bastide et de son chef l'adjudant Sébastien Costes. Tout en levant la tête et en observant un épervier ou une buse qui traçait des cercles au-dessus des sapins, Maréchal sourit en se rappelant leur surprise commune quand il avait vu descendre du fourgon des gendarmes le jeune homme dont il avait fait la connaissance à Châteauneuf alors qu'il accompagnait partout l'adjudant Périer[1].

1. Du même auteur : *L'Inconnue aux cheveux rouges*, Albin Michel, 2006.

Il se demanda comment il avait pu gravir aussi vite les échelons. Peut-être était-il plus doué qu'il ne le paraissait à cette époque, peut-être avait-il en poche des diplômes spéciaux ? En tout cas, il avait eu l'air heureux de retrouver Maréchal, dont il avait broyé la main en la serrant. Son aide était un jeune blond très athlétique qui pataugeait dans la neige alors qu'ils tournaient autour du cadavre ensanglanté d'Hortense Rives sous un magnifique ciel aile de corbeau piqueté d'étoiles.

– Nom de nom ! avait lancé Sébastien Costes en découvrant les quatre ou cinq coups de couteau portés à la poitrine et à la gorge. *Il* n'y est pas allé de main morte !

– En effet, avait sobrement acquiescé Maréchal qui en attendant les gendarmes avait eu le temps de se faire à cette sauvagerie.

Puis il avait ajouté :

– Il ou elle...

Aussitôt en éveil, Costes avait demandé :

– Pourquoi dites-vous ça ? Vous savez quelque chose ?

– Rien du tout. Je me disais seulement...

– Vous croyez sérieusement qu'une femme aurait pu faire *ça* ? le coupa l'adjudant.

– La victime n'était pas bien grosse, remarqua Maréchal, ni très grande. Avec un motif suffisant... Ou une grande haine...

Le regard de Sébastien Costes s'était porté vers les personnes qui avaient assisté à la conférence, groupées en nombre devant la grange. Maréchal avait été impressionné par le sang-froid de Jeannine qui avait demandé à tous de rester sur place en attendant les autorités.

– Les traces..., dit Costes.

Il montrait des marques de pas dans la neige qui partaient du cadavre et se dirigeaient vers les sapins. L'adjudant commença à les suivre.

– Ça, ce sont les miennes, fit Maréchal qui se demandait déjà s'il avait bien fait de se mêler une fois de plus de ce qui ne le regardait pas.

Ils firent une cinquantaine de mètres en direction de la forêt ; la trace suivait ensuite une large courbe et revenait vers le parking de la grange. Là, elle se perdait dans un enchevêtrement de marques de pneus et de piétinements indistincts.

– Il n'y a pas grand-chose à tirer de tout ça, remarqua Sébastien Costes avec amertume. Mais les gars du labo nous en diront plus, les pas de l'agresseur sont bien marqués dans la neige.

– Il faudra qu'ils arrivent vite, nota Maréchal.

– Pourquoi donc ?

L'écrivain huma l'air.

– Vous ne sentez pas ?

Non, Sébastien Costes ne sentait rien. Encore un qui n'avait pas dû courir le vaste monde ! Maréchal haussa les épaules, les gens n'étaient pas non plus tous obligés de vivre comme lui. Il laissa tomber négligemment : « Il va neiger bientôt. »

L'autre gendarme leva la tête et dit :

– Je vais appeler les gars ?

– Tout de suite, enchaîna l'adjudant. Et demandez du renfort, il va falloir interroger tout le monde...

Il avait l'air vaguement découragé en montrant le

public de la conférence qui observait toujours, au moins trente personnes, estima Maréchal, sans compter ceux qui étaient restés à l'intérieur.

– Vous avez une idée ? demanda Costes pendant que son collègue appelait sur la radio du fourgon.

– Pourquoi voulez-vous que j'en ai une ? rétorqua Maréchal. Je suis venu ici faire une conférence sur Jules Valier, vous connaissez ?

L'adjudant Costes écarta les bras et avoua :

– Non.

– Un écrivain du coin. J'étais là, à l'intérieur. Une femme a crié, elle venait de découvrir le cadavre. Je suis sorti avec les autres, et j'ai ensuite juste suivi les traces comme nous venons de le faire, après avoir demandé aux gens de ne pas s'approcher pour ne pas faire disparaître d'indices, s'il y en avait. C'est tout. Je ne connais pas la victime et…

Il avait parlé un ton plus haut, Costes sourit.

– Ne vous fâchez pas. C'est que…

Maréchal attendit.

– C'est que Périer m'a raconté tant de choses sur vous.

– Oui, je m'en doutais, mais il se trompe et vous aussi si vous vous imaginez que je vais vous servir les réponses sur un plateau ! Je le regrette d'ailleurs…

Il avait parlé suffisamment aimablement pour détendre l'atmosphère et le gendarme sourit. Son collègue revint et jeta une couverture sur le cadavre d'Hortense Rives en déclarant :

– *Ils* vont venir. Ils n'étaient pas très enchantés : tous ces kilomètres par ce temps… Et on a aussi une voiture qui va arriver de La Bastide.

Sébastien Costes haussa les épaules, et déclara :

– Lucas, venez avec moi. Commençons à interroger tous ces gens. Il nous faut au moins les identités. On les convoquera ensuite.

C'était à cet instant que le journaliste était arrivé, se souvint Maréchal. Maintenant, il se demandait comment il avait appris aussi vite la nouvelle. Sans doute par une de ses connaissances dans l'assistance. Il laissa retomber le journal et se plongea dans la contemplation du paysage. Le soleil était haut et la vue depuis la terrasse s'étendait loin vers la plaine. Il eut l'impression de distinguer ce qui ressemblait un peu à un essaim posé sous la brume et qui correspondait à La Bastide. Cela l'étonna, il faudrait demander à Jeannine. Le silence n'était brisé que par les échos de son activité dans la cuisine. Il faisait bon, aucun vent. Il regrettait cette affaire, sans elle son séjour aurait été parfait… Il s'en voulut aussitôt. Et Hortense Rives alors ? Quelle pitié cette vie interrompue presque sous ses yeux et dans de telles conditions ! Alors, ses petites « vacances », à côté…

En se levant, il vit que le journal s'était ouvert et son propre nom lui sauta aux yeux en gros titre : « Le dernier roman de Franck Maréchal », et juste en dessous, la reproduction de la couverture du livre. Cela lui procura, en plus de la surprise, une impression bizarre. Sans raison il se sentait… presque offensé ! Pourtant, grâce au ciel, ce n'était pas le premier article qui le concernait. Il fut à peine étonné de lire le nom du signataire : Antoine Delacroix. Quelque chose clochait. Normalement, ce genre de papier suivait une rencontre avec un journaliste. Surtout quand, comme cette fois, il venait pour une causerie. Quand il était monté à la grange, Delacroix ne pouvait ignorer les raisons de la réunion. Peut-être son article était-il déjà prêt. Alors pourquoi n'avait-il pas profité de l'occasion pour l'interviewer ?

Il parcourut l'article, distraitement d'abord, puis très vite avec intérêt. Ce Delacroix, en plus d'écrire un français impeccable dans une langue aisée, avait mis le doigt sur quelques points importants pour Maréchal, qui avaient jusqu'à présent échappé à la perspicacité de tous y compris de ceux qui le connaissaient bien. Il se rappela le bonhomme, dont l'aspect était banal, mais pas le regard. Il revit ses yeux intelligents. Oui, c'était bien le qualificatif qui lui était venu à l'esprit l'autre soir devant la grange. Et cela se vérifiait dans son article, et pas seulement parce qu'il avait apprécié son livre !

– Bonjour !

Laetitia se pencha vers lui pour l'embrasser.

– Je comprends pourquoi tu ne m'as pas entendue venir ! dit-elle en montrant du doigt le titre de l'article.

Il haussa les épaules.

– Tu as bien dormi ?

– Plus ou moins, dit-elle, hier au soir, cette pauvre femme… Et j'espère que tu ne vas pas encore t'embarquer dans une de ces histoires !

– Ça ne risque pas d'arriver, assura-t-il tout en se demandant pourquoi il doutait de sa propre sincérité.

Déjà la veille, il avait cherché à savoir où menaient les traces dans la neige et, tout à l'heure, il s'intéressait à ce que le journal racontait de la victime…

Il remarqua le regard de Laetitia. Visiblement, elle n'avait pas plus confiance que lui en ses affirmations.

Elle balaya d'un geste ce souci et lança avec une gaieté feinte :

– Quels sont tes projets aujourd'hui ?

– Pour être sincère, je n'en ai aucun. Je me suis juré, en acceptant l'invitation de nos amis, de me laisser porter par les événements. Je ferai ce qu'on me dira, affirma-t-il.

Laetitia parut encore plus dubitative. Il crut nécessaire d'ajouter :

– Si, si, je t'assure ! Et puis, devant tout ça…

Il montra la plaine qui roussissait sous le soleil, la neige étincelante et les sapins comme des féeries de Noël…

Noël justement, c'était demain. Il fallait penser aux cadeaux pour les Charles, les enfants qui allaient arriver, et Laetitia. Il fallait descendre à La Bastide. Il fallait, il fallait… Il n'en avait aucune envie, il faisait si bon sur cette terrasse, et Laetitia était si jolie, dans ce matin d'hiver où ses yeux reflétaient les pétillements de la neige. Il l'attira à lui. La porte de la cuisine claqua, Jeannine Charles lança :

– Bonjour ma puce ! Tu as bien dormi ?

– Oui, très bien, mentit la jeune femme. Notre chambre est une merveille, on se croirait dans un cocon.

– Exactement ce que je pense, renchérit Maréchal.

– Ça me fait plaisir. Vous occupez la chambre de Julie.

Cela expliquait l'ordre qui régnait dans cette pièce dont Maréchal aimait l'atmosphère feutrée, les couleurs chaudes des murs de pin blond. Mais c'était l'ambiance même qui se dégageait du chalet. Dans la chambre s'ajoutait une certaine douceur paisible qui correspondait bien au caractère de l'aînée des Charles. Il se souvint de sa conversation avec Jeannine alors qu'ils montaient à la grange, peut-être ce caractère allait-il changer maintenant.

– Quels sont vos projets aujourd'hui ?

Ils éclatèrent de rire, mais la mine de Jeannine les refroidit.

– J'avais presque oublié cette triste histoire..., murmura-t-elle en baissant la tête.

– Nous n'y sommes pour rien, affirma Maréchal. Les gendarmes vont vouloir recueillir notre témoignage.

Au même moment, un ronronnement se fit entendre du côté de la route et le soleil fit vibrer la teinte bleue du fourgon de la gendarmerie de La Bastide.

Une demi-heure plus tard, alors qu'ils étaient sur le départ après avoir recueilli les dépositions des occupants du chalet, Sébastien Costes se pencha à la portière :

– Pourquoi cette histoire de moto vous intéresse-t-elle autant ? demanda-t-il à Maréchal.

L'écrivain sourit.

– À votre avis ?

– Vous croyez...

– Je ne crois rien ! Ne recommencez pas, Costes ! Ne faites pas comme Périer ! Mais soyez honnête, vous aussi ce motard vous intéresse drôlement.

– Je n'ai rien d'autre à me mettre sous la dent, grimaça l'adjudant.

– Et en plus, maintenant, vous savez qui c'est !

Pendant que Jeannine témoignait, l'assistant de Costes prenait note de sa déposition sur son ordinateur portable. Elle avait presque fini lorsque Maréchal l'interrompit.

– Attendez ! Nous oublions la moto !

Elle le regarda puis acquiesça de la tête.

– Quelle moto ? demanda Costes.

– Celle que nous avons croisée en montant à la grange avec Franck.

– Intéressant, remarqua Costes dont l'air démentait le mot.

– Ce n'est pas un inconnu, poursuivit Maréchal en se tournant vers Jeannine.

– Il s'agit de Jérémie Perle. Peut-être a-t-il vu quelqu'un ou quelque chose d'anormal ?

Maréchal pensa qu'elle cherchait juste à se donner bonne conscience en dénonçant ce Perle. Elle avait tort. Tout ce qui pourrait servir à attraper le salaud qui avait poignardé Hortense Rives était justifié. Il fut étonné par le changement de physionomie du gendarme quand il eut entendu le nom du motard. Il dit comme pour lui-même :

– Jérémie Perle, tiens, tiens…

– Ne perdez pas de vue que ce gars-là *descendait* vers le bourg ! Et que c'était au moins une heure et demie avant le moment où le crime a été commis, précisa Maréchal.

– Ça, dit Sébastien Costes, le labo nous le dira.

Maintenant, alors que le gendarme lui tendait la main par la portière du fourgon, l'écrivain avait le sentiment qu'il avait un compte à régler avec le gars à la moto. Lequel ? Il le saurait bien un jour ou l'autre.

Deux minutes plus tard, alors que le camion des gendarmes patinait légèrement sur une plaque de verglas, il se traita de tous les noms en se rappelant sa promesse faite à Laetitia de ne pas se mêler de tout cela. Il revint lentement vers le chalet tout en prêtant l'oreille au bruit sourd des gros paquets de neige qui tombaient des sapins sous l'effet du redoux. On aurait dit un murmure de la forêt, une de ces conversations qu'il avait eu si souvent le sentiment de surprendre entre les arbres.

Arrivé à vingt mètres du chalet, il ne put s'empêcher de remarquer de nouveau l'air sombre de Michel Charles qui était sorti de la maison juste après l'arrivée des gendarmes et, en dehors des réponses qu'il avait dû apporter à ceux-ci, n'avait pas desserré les dents.

Après un repas qui avait été tout sauf gai malgré les efforts de chacun, Michel, qui avait à peine mangé, était parti « se reposer », déclarant souffrir de migraines, ce que Maréchal aurait admis sans le regard de Jeannine sur son mari à cet instant. Les autres décidèrent de descendre à La Bastide pour les courses de Noël.

En raison du froid vif malgré le soleil, la neige sur les bas-côtés de la route fondait à peine, seuls quelques filets d'eau finissaient par goutter dans les ruisseaux en formant des trous dans la glace. En passant devant la grange, Maréchal nota combien ses volets barricadés lui donnaient un air sévère, presque hostile dans la pénombre des sapins. De plus, on voyait depuis la route une sorte d'enclos délimité par des bandes de plastique rouges et blanches comme celles des chantiers dont il réalisa qu'elles délimitaient l'emplacement où, la veille, gisait le corps sans vie d'Hortense Rives. Il remarqua que Jeannine se concentrait à ce moment sur la conduite, les mains crispées sur le volant, comme pour éviter à tout prix de regarder dans la direction de la grange. Laetitia dut ressentir la même impression que lui à voir le coup d'œil qu'elle lui jeta et qu'il surprit dans le miroir de courtoisie qu'elle avait abaissé un instant plus tôt, pour « se refaire une beauté », ce que Maréchal jugeait en général parfaitement superflu, encore plus aujourd'hui à son avis.

Alors qu'ils entraient dans La Bastide, il avait noté depuis quelques minutes combien les abords de la ville dénaturaient la beauté du paysage par la présence insolite d'une immense zone industrielle, parfaitement démesurée par rapport à ce bourg, isolé en plein pays rural, dépourvu de grandes routes et séparé des centres d'affaires par des kilomètres de maigres champs de seigle puis un désert de collines austères, embroussaillées, parcourues de départementales sinueuses et étroites qui enjambaient sur des ponts de pierres du temps du Roi-Soleil des torrents secs les trois quarts de l'année et brutalement remplis en quelques minutes d'eaux tumultueuses qui se répandaient parfois jusqu'aux rues des villages qu'ils traversaient.

La zone elle-même avait la banalité désespérante de toutes les autres. Un seul bâtiment attirait l'attention, dominant ses voisins par la taille et son énorme enseigne tape-à-l'œil « ÉTABLISSEMENTS DELACROIX-TRAVAUX PUBLICS ». Le nom frappa Maréchal. Dans une ville aussi petite que La Bastide, il y avait de grandes chances qu'il existe des liens entre le patron et le type au visage chafouin qui avait si bien deviné les intentions les plus secrètes de l'écrivain.

– Vous connaissez ces Delacroix ? demanda-t-il à Jeannine alors qu'ils étaient entrés en ville.

– Qui ça, l'entrepreneur ou le journaliste ?

– Les deux. J'ai lu son article sur le crime d'hier et j'ai fait le rapprochement avec ce nom sur ce bâtiment.

Il ne dit rien de l'autre article qui le concernait, s'attirant un nouveau regard, un peu ironique, de Laetitia dans le miroir de courtoisie.

– Ce sont deux frères. Raoul, c'est l'homme des travaux publics. Une grosse fortune, un patron à poigne, très actif dans les cercles patronaux, il paraît qu'on le connaît même à Paris pour ses positions plutôt à droite. Il habite un domaine à dix kilomètres de La Bastide, vers la plaine. Antoine, lui, c'est autre chose...

Elle souriait légèrement et montra une vitrine désuète au début de la rue qu'ils venaient de prendre après un carrefour et qui, d'après les panneaux, conduisait au centre-ville.

– Voici le bureau local du journal et son fief. Il le répète assez, ce qui irrite son frère qui juge mal cette activité et la position sociale de son cadet. Antoine, nous le connaissons bien. Il tient la chronique littéraire du journal. Et en fervent admirateur de Jules Valier, il nous donne souvent un coup de main pour faire venir les gens aux manifestations de l'Association. Mais vous le connaissez, Franck.

– Ah ? fit Maréchal sans s'engager.

– Oui. Il est venu hier au soir quand on a découvert Hortense Rives. Un type maigre, avec un imperméable.

– Oui, il me semble.

Le coup de frein brutal qu'elle donna pour éviter un cinglé à bicyclette qui débouchait d'une petite rue la détourna de ses explications. De toute façon ils arrivaient sur la place où se tenait le marché de Noël. Il était illusoire de chercher à se garer en surface et Jeannine descendit dans le parking souterrain sombre et puant l'essence. Ce moment faisait partie de ceux où Maréchal se demandait ce qu'il pouvait bien faire à cet endroit au lieu d'arpenter la campagne. Il regretta le chalet, pensa à Michel qui, demeuré là-haut, avait certainement choisi la meilleure part. Pourtant, quand ils remontèrent à l'air libre et qu'ils débouchèrent sur la place, l'odeur de sapin et de bougies provoqua dans son cœur un tel remue-ménage qu'il fut presque heureux d'être venu. Il annonça qu'il allait arpenter le marché pendant que les deux femmes iraient faire les boutiques. Bras dessus bras dessous, elles partirent vers des petites rues qui recelaient de nombreuses boutiques.

Maréchal passa un long moment à parcourir les allées du marché. Il ressentait un plaisir enfantin qui avait tout pour le ravir. Il ne supportait plus le sérieux que les gens montraient à tout bout de champ à l'égard de choses qui à ses yeux présentaient de moins en moins de valeur, comme les titres, les revenus, la position. Bien plus important que tout cela était à son sens le parfum de Noël qu'il avait respiré tout à l'heure, l'enchevêtrement des guirlandes pendues aux étalages, les boules de verre et les petites figurines en bois à pendre dans l'arbre. Un assortiment de santons attira son attention. Il chercha à deviner de quel atelier provençal ils pouvaient provenir avant de découvrir avec une déception de petit garçon devant ses souliers vides au matin de Noël que ces merveilles naïves étaient *Made in China.* Il y avait désormais vraiment quelque chose de pourri au royaume de Danemark. S'étendre encore sur la déliquescence de la civilisation ne servait à rien. Il acheta un nougat après s'être assuré qu'il venait bien de Montélimar et non des rives du Fleuve jaune et prit une rue remplie de charcuteries et de magasins d'alimentation débordant de victuailles. Bientôt lassé par cette abondance gastronomique peu en rapport à ses yeux avec la Nativité, il s'esquiva par une venelle malodorante qui débouchait sur une placette charmante, bordée de maisons à colombages et au milieu de laquelle un square avec un petit jardin gardait, à cause de l'ombre des maisons, un peu de la neige qui avait fondu partout ailleurs à La Bastide. Il y avait même un bassin minuscule auquel ne manquaient que quelques carpes pour lui rappeler de chers souvenirs. Mais le silence de l'endroit, la paix austère des façades, le ciel limpide au-dessus des toits d'ardoises, tout cela composait une atmosphère bien en rapport avec sa nostalgie teintée de regrets.

Il n'était pas dupe. L'artifice du marché de Noël et ses odeurs de crèche n'étaient pas étrangers à sa mélancolie. Il s'assit sur un banc devant le bassin et attendit un moment que son cœur se calme. Une musique descendait d'une loggia d'un des immeubles. Il reconnut le *Poème* de Chausson par Christian Ferras, un disque adoré qu'il se passait et se repassait souvent à La Grézade en contemplant les arbres et les massifs de son jardin. Ici comme là-bas, cette musique lui apportait la même sérénité qui lui permettait aux heures de doute d'avancer malgré tout ce qui pouvait vous tirer en arrière.

Maréchal connaissait trop la valeur des grandes choses pour en abuser. Avec lenteur, il se leva, et tandis que le violon de Ferras vibrait dans l'air vif de l'hiver, il se dirigea vers une trouée de lumière que cernait le porche d'une galerie dans laquelle une boutique d'antiquaire fermée pour cause de vacances, comme l'indiquait un panonceau rédigé à la main en lettres gothiques, ajoutait une note ultime à l'ambiance de la place.

Au-delà du passage, il revint vers la vie moderne, une voiture sans chauffeur aux vitres ouvertes déversait une musique techno. La comparaison avec le *Poème* de Chausson était dénuée de tout intérêt ! Pourtant, le monde d'aujourd'hui vivait davantage au rythme des basses chargées que de ce qu'il avait entendu sur la place. Chacun vivait pour soi, au bout du compte. Et chacun avait le droit de vivre selon sa manière. Le regretter ? Oui, certes, on le pouvait, mais encore une fois c'était inutile.

Comme il remontait la rue, il aperçut une silhouette qui se faufilait le long des boutiques. Il eut aussitôt l'intuition qu'il s'agissait d'Antoine Delacroix. Sans arrière-pensée il le suivit. Le reflet de son visage dans une vitre lui confirma qu'il s'agissait du journaliste. Ce dernier suivit la rue un moment avant de bifurquer sur la droite et de traverser la vaste halle du marché. Puis ils débouchèrent sur la grande rue par laquelle ils étaient arrivés avec la Volvo. Pour quelle raison se retrouvait-il ainsi à *filer* Delacroix ? Se dire qu'il n'avait rien d'autre à faire était un peu court. Alors qu'il était tenté de rebrousser chemin, il le vit s'engouffrer dans un bureau de tabac. Maréchal le dépassa et s'arrêta un peu plus loin devant une boutique de sport. « Il y a de quoi rire », songea-t-il. Il était pourtant facile de s'en aller rejoindre les deux femmes sur la place du marché de Noël où ils avaient rendez-vous à onze heures. Il restait une demi-heure à tuer. Était-ce une excuse suffisante ? Delacroix sortit, déchira un paquet de blondes et en alluma une avec un plaisir évident. Maréchal fixa avec une attention soutenue une paire de baskets. Le journaliste continua à descendre la rue puis, arrivé à un feu rouge s'arrêta. À ce moment un grand type arriva de la gauche et s'approcha de lui. Delacroix lui serra la main. Le gars était vraiment grand, ses épaules larges et son visage tanné par le soleil. Il portait longs ses cheveux un peu grisonnants et arborait une barbe peu soignée qui lui donnait un air de patriarche qu'accentuaient son costume en velours avachi et ses godillots boueux qui avaient dû faire déjà pas mal de chemin. On ne percevait guère de complicité dans la conversation des deux hommes. Maréchal pensa à une rencontre d'affaires. Brusquement, il vit derrière la vitrine de la boutique de sport une jeune vendeuse le fixer, intriguée par ce passant qui examinait depuis longtemps les mêmes chaussures. Il tenta un sourire, elle le regarda encore plus froidement. Il préféra battre en retraite avant qu'elle n'appelle son patron et le fasse remarquer des deux autres. Il s'avança vers la boutique suivante qui était une librairie. Il était plus plausible de rester un moment devant des livres que devant des articles de sport, mais alors Delacroix quitta son interlocuteur, qui souriait. Le journaliste, lui, avait l'air furieux alors qu'il traversait le carrefour, suivi à distance par Maréchal. Le barbu s'en alla dans la direction opposée.

Peu après, Delacroix sortit un trousseau de clés et s'engouffra dans un passage où il disparut. Tout en continuant sur le trottoir, Maréchal s'aperçut qu'il se trouvait devant le bureau du *Journal* de La Bastide. Des ficelles avaient été tendues en travers de la vitre à l'intérieur et on y avait pendu, avec des pinces à linge, les différentes feuilles de l'édition du jour. Seul manquait l'article sur Maréchal... Il s'en voulut de le regretter, n'aimant guère retrouver chez lui la vanité blessée, un défaut répandu et qu'il fustigeait facilement chez les autres. Il se trouva ridicule et partit d'un pas décidé vers le marché de Noël.

Une camionnette de la gendarmerie stoppa au feu devant lui. Sébastien Costes descendit sa vitre et se pencha vers lui, le visage décomposé.

– Périer me l'avait dit aussi, commença-t-il.

– Quoi ? demanda Maréchal interloqué.

– Que vous attiriez les crimes ! L'adjudant Brochard le lui avait dit et Vialat avant lui !

– C'est ridicule, constata Maréchal. Il y a eu un nouveau meurtre ?

– Oui ! Et de nouveau dans la neige, du côté du chalet où vous logez !

Un doute affreux envahit l'écrivain. Michel Charles était resté aux Myrtilles.

– Et la victime ? demanda-t-il en hésitant.

– Encore une femme. Une rousse. C'est ce que nous a dit le gars du chasse-neige, qui l'a trouvée là-haut au milieu de la forêt.

Cette précision alerta Maréchal. Pouvait-il s'agir de la mélancolique Martine Mestre ? Il faillit parler d'elle, mais se retint à temps. Le gendarme en aurait tiré des idées fausses sur ses capacités d'investigation. Déjà, d'ailleurs, l'adjudant lui demandait :

– Vous venez avec nous ?

– Mais non, voyons, balbutia Maréchal surpris. D'ailleurs on m'attend.

Un coup d'œil à sa montre lui indiqua que ce devait être vrai depuis cinq minutes.

– Tant pis. Mais j'espère qu'on vous reverra, répondit Costes déçu.

Maréchal, lui, espérait qu'il n'y avait aucune raison à cela, et s'en voulut d'autant plus en s'entendant demander à l'adjudant :

– Et celle-là, comment a-t-elle été tuée ?

– Exactement comme la première, répondit Costes en grimaçant. Un vrai carnage. Le gars de l'équipement en était malade au téléphone. Il est temps qu'on aille là-haut.

Il y avait du regret dans sa voix quand il dit, en insistant : « À bientôt ! » avant de refermer sa vitre et de faire un signe à son assistant qui démarra sur les chapeaux de roues.

Maréchal dut attendre que le feu repasse au vert avant de reprendre sa route. Il se souvint à temps, en passant devant une parfumerie, qu'il devait acheter quelque chose pour Laetitia et Jeannine avant de les rejoindre. Elles l'attendaient devant la Volvo. Il nota que le coffre avait été insuffisant pour contenir les achats des deux femmes.

Une fois dans la voiture, il ne put s'empêcher de se demander si la nouvelle victime de ce maniaque était ou non la jeune et aimable Martine Mestre. Il souhaitait de tout son cœur que ce ne soit pas le cas.

– Que se passe-t-il, monsieur l'écrivain ? demanda Laetitia.

– Il y a eu un nouveau crime.

– Où ça ? demanda Jeannine Charles.

– Vers chez vous, d'après les gendarmes que je viens de rencontrer. Dans la forêt. Une femme, ajouta-t-il aussitôt. Une rousse.

Jeannine ne releva pas le détail. Il devait y avoir de nombreuses rousses dans le secteur.

– Si on rentrait ? suggéra-t-il. Sinon, Michel va se demander ce que nous devenons.

Maréchal ne manqua pas de remarquer que l'évocation de son mari apportait de nouveaux nuages dans les yeux de Jeannine. Tandis que Laetitia remontait frileusement son col en arborant un air défait, il se débrouilla pour se caser sur le siège arrière entre des paquets volumineux qui dégageaient une odeur de vêtements neufs.

3

Maréchal grattait la neige du bout du pied. La couche était mince. Dessous, quelques brins d'herbe étaient plaqués sur la terre noire. Il était appuyé depuis un moment au tronc d'un vieux pin couché en travers du chemin. Le soleil était encore haut dans le ciel, mais vers le fond de la combe, une ombre violette commençait à gagner. Il était environ quatre heures de l'après-midi. Tout en tirant sur sa cigarette, il se demandait ce qu'il lui avait pris de quitter le chalet pour se rendre sur les lieux du crime, que Costes lui avait indiqués quand il était repassé au chalet une demi-heure plus tôt. Le gendarme avait l'air encore plus démoralisé qu'à La Bastide, et était venu demander à Michel s'il n'avait rien vu, ou entendu, ayant passé la journée dans son atelier à bricoler de vieux meubles paysans. Costes avait malheureusement confirmé les craintes de Maréchal : la victime était bien Martine Mestre. Jeannine était bouleversée. Elle connaissait les Mestre depuis des années, et même si c'était surtout Lionel qui œuvrait dans l'association, elle avait toujours eu des rapports amicaux avec la jeune femme qui souffrait de dépression depuis quelque temps. Jeannine n'avait pas pu éviter de déclarer que les infidélités de son époux n'y étaient pas étrangères. Costes lui avait indiqué que de toute façon il la convoquerait à La Bastide pour une déposition, comme il le ferait pour tous les membres de l'association. C'était alors que l'adjudant, qui paraissait vouloir amener Maréchal à s'intéresser à cette affaire, avait donné force détails sur le crime et l'endroit où cela s'était passé. Après son départ, l'écrivain avait tourné un moment dans le chalet avant de déclarer :

– Je vais faire un tour dans la forêt.

Il avait emprunté à Michel des après-ski et un anorak, puis avait proposé à Laetitia de l'accompagner. La jeune femme préférait rester au chalet pour aider Jeannine aux préparatifs de la soirée de Noël. Maréchal n'avait pas pu éviter de remarquer le regard qu'elle lui jetait alors qu'il s'en allait. Elle n'était en aucune manière dupe et se doutait qu'il allait encore une fois se fourrer dans un guêpier. S'ils avaient été seuls, il aurait tenté de corriger son impression, mais ce n'était pas le cas et il s'était esquivé lâchement.

Maintenant, il regrettait son absence. Il aurait aimé qu'elle partage avec lui la beauté de la vallée et de la forêt qui donnait au paysage un air de vieille légende nordique. Il reprit son chemin et retrouva bientôt la route goudronnée où se lisaient les empreintes des pneus du fourgon des gendarmes. Après une petite montée, il parvint à une sorte d'aire dégagée, un emplacement de stationnement permettant de se garer pour laisser passer les véhicules montant de la vallée sur la route étroite dans cette portion. Le panorama était somptueux. Les mêmes bandes de signalisation rouges et blanches que devant la grange délimitaient un rectangle de trois mètres sur deux au milieu duquel des taches brunes ne laissaient aucun doute sur leur origine. On devinait la marque d'un corps dans la neige. Autour, la multitude de pas enlevait tout espoir d'en apprendre plus. Cette fois, Costes avait dû chercher tout de suite à retrouver le chemin suivi par l'assassin et sa victime. Maréchal parcourut un grand cercle autour des traces. Aucune piste n'était imprimée dans la neige. Il allait, comme Sébastien Costes, conclure que le meurtrier avait accompli son forfait ailleurs, puis jeté le cadavre depuis une voiture, quand il fut intrigué par de petits éclats dans la neige qui recouvrait un muret de soutènement séparant le parking de la pente vers la forêt. Un mètre en dessous, un arbre était couché. L'écrivain avait une habitude, qui souvent s'était révélée utile : il suivait ses intuitions. Il eut l'idée d'aller voir comment cela se présentait un peu plus bas. Il se laissa glisser dans la pente jusqu'au niveau du tronc. Il distingua des traces. Excité par sa découverte, il prit soin de s'en tenir loin et descendit encore un peu. C'étaient bien des pas ! Ils venaient de la corne du bois qui s'avançait à cet endroit jusqu'au bord d'un gros torrent encombré de blocs énormes recouverts de glace. Après les premiers pins, ils s'enfonçaient dans le sous-bois. Maréchal aurait aimé les suivre, mais l'ombre commençait à descendre et dans moins d'une heure on n'y verrait goutte là-bas. Il aurait bonne mine de se perdre dans cet enchevêtrement d'arbustes et de broussailles ! Les traces de pas indiquaient bien que l'on était venu depuis la forêt vers le parking. Puis il escalada le tronc couché, et après avoir marché dessus jusque sous la murette, il se demanda s'il serait capable lui, avec son âge et son passé de tabagique, d'accomplir l'exploit qu'il attribuait au meurtrier : sauter depuis le tronc sur la route. Il inspira profondément et rassemblant toutes ses forces, il prit son élan. Il atterrit sur l'esplanade, faillit s'étaler en se redressant et sourit de satisfaction. *On* était donc bien venu comme cela. Ensuite ? Trop de pistes entremêlées empêchaient la moindre conclusion, mais en bas, il n'y avait qu'une trace. Une seule personne avait suivi ce chemin. La victime était arrivée par la route et en voiture. Si on ne trouvait qu'une piste, cela signifiait qu'*on* était reparti de cette façon. Costes avait-il parlé d'un véhicule ? En allumant une nouvelle cigarette, il eut la certitude que non, le scénario lui paraissait évident. Martine Mestre était arrivée en voiture et s'était garée sur le parking. Cela impliquait un rendez-vous. Maréchal imaginait mal la jeune femme mélancolique venir seule contempler ce paysage. L'*autre* avait dû surgir brutalement en sautant comme lui-même avait fait et, après avoir accompli son forfait, avait dû s'échapper au volant de la voiture de la victime. À cet instant, l'écrivain aurait parié gros qu'on retrouverait le véhicule des Mestre dans un ravin. Ce serait intéressant de savoir où. Tout cela paraissait clair. Un peu trop. Mais un coup d'œil à sa montre lui évita de creuser davantage cette idée. Il était cinq heures et il devait rentrer dare-dare au chalet s'il ne voulait pas manquer l'arrivée des enfants des Charles, annoncés pour six heures.

– Alors, monsieur le détective, déjà sur une piste ?

Il sursauta.

– Tu n'es pas restée au chalet ? demanda-t-il bêtement à Laetitia.

– C'est Jeannine qui a insisté pour que je vienne te rejoindre. En fait je crois qu'elle souhaitait rester un moment avec Michel. Tu as remarqué qu'entre eux...

– J'ai remarqué. (Il crut bon de relever sa phrase précédente.) Quelle piste ?

– Franck ! Pour te retrouver, il m'a suffi de suivre tes pas et surtout de me rappeler où ce gendarme a dit qu'avait été commis le crime. Je suppose que c'est là ?

Elle montrait du doigt les bandes de signalisation. Il acquiesça de la tête. Il eut envie de lui faire part de ses découvertes, mais jugea préférable de s'abstenir. Il n'était pas sûr que la jeune femme s'intéresse vraiment à cette affaire et, au ton employé, elle semblait lui en vouloir de se lancer une fois de plus dans des imbroglios sans fin, au lieu de profiter des quelques jours qui les réunissaient dans ce pays magnifique.

– On rentre.

Tout en marchant à côté d'elle, il s'en voulut de ne pas oser lui prendre la main. Il appuya seulement son épaule contre la sienne. Laetitia prit ses doigts entre les siens.

Quand ils arrivèrent au chalet, ils furent étonnés par le silence qui y régnait. Pourtant, en prêtant l'oreille, Maréchal entendit des sanglots venant d'une des chambres. Il s'y précipita, craignant le pire après ce qui était arrivé. Il ouvrit la porte violemment et vit Jeannine lever vers lui un visage éploré.

– Que se passe-t-il ? cria-t-il presque tandis que Laetitia le rejoignait.

– Michel est parti ! dit Jeannine en éclatant de nouveau en sanglots.

– Parti ? demanda Laetitia incrédule.

– Oui. Parti pour de bon. Il a pris ses affaires et sa voiture. Il a dit que c'était fini. Fini ! Tu te rends compte, toi qui nous connais...

Il choisit de battre en retraite et de laisser Laetitia s'occuper de cela. Elle s'était approchée de Jeannine qui s'était blottie contre elle en pleurant comme un enfant.

Maréchal alla dans la cuisine. C'était finalement la pièce du chalet qu'il préférait. Il détestait ce qu'il se passait et commençait vraiment à regretter sa venue. Entre ce fou qui abattait atrocement des jeunes femmes dans la neige et Michel qui laissait tomber la compagne de toute sa vie la veille de Noël, la coupe était pleine.

La cafetière était allumée et il se servit une tasse. Des bandes violettes zébraient la vallée et le ciel prenait une teinte parme. Le vent agitait la cime des sapins. La neige brillait déjà moins. Une espèce d'hostilité se dégageait de ce tableau magnifique. L'idée de la tombée de la nuit et les dangers de cette saison n'étaient pas étrangers à cette sensation de menace. Il ne pouvait s'empêcher de penser davantage à ce qu'il avait découvert qu'aux soucis conjugaux des Charles. Il s'en voulut mais reprit tout le film de ce qu'il avait imaginé du déroulement du crime sur l'esplanade. Machinalement, il se retrouva devant le téléphone. La maison était silencieuse. Laetitia avait dû refermer la porte de la chambre. Il chercha dans l'annuaire le numéro de la gendarmerie de La Bastide. Deux ou trois sonorités aigrelettes et il reconnut la voix de Sébastien Costes. Après les salutations d'usage il demanda :

– C'est vous qui répondez au téléphone maintenant ?

– C'est la grande misère de l'administration, monsieur Maréchal ! Non, mais j'ai trois hommes malades, ils ont devancé la date du réveillon… les huîtres… enfin, vous savez bien…

Il pensa que Noël s'annonçait mal pour l'adjudant. Il lui demanda s'il avait des idées sur la façon dont on avait tué Martine Mestre.

– Pas la moindre, enfin en dehors de ce que je vous ai déjà dit : elle a dû venir en voiture avec son meurtrier, ensuite il l'a laissée là et a filé avec l'auto.

– Je ne crois pas.

– Pardon ?

– Je suis allé là-bas…

– Périer m'avait prévenu, le coupa Costes.

Maréchal ignora cette remarque et exposa sa découverte. L'autre siffla dans le combiné.

S'il répète « Périer me l'avait bien dit », je raccroche, pensa Maréchal. Mais Costes déclara :

– Il est trop tard pour que j'aille là-bas, mais demain matin je monterai vérifier.

– Demain matin, c'est Noël.

– Ça ne change rien. Ma femme est en vacances avec la petite, chez ses parents à Clermont. Alors, Noël… Et puis avec mes collègues malades…

De fausses excuses, songea Maréchal. Pour tous ces hommes, le service des autres l'emportait sur le reste. Comme tout le monde, il l'avait parfois oublié et s'en était voulu. Il fut heureux de penser qu'il avait un peu aidé Costes. Mais la médaille avait son revers…

– Et si vous veniez avec moi ? Je pourrais passer vous prendre chez vos amis.

Il s'entendit répondre sans l'ombre d'une hésitation :

– D'accord. Mais pas trop tôt.

– Vers dix heures, ça vous va ?

En raccrochant, ce n'était plus de la stupéfaction mais de la colère qu'il ressentait contre lui-même. Il allait encore gâcher ses rares vacances avec celle qu'il aimait. Tout cela pour quoi ? Il aurait été bien en peine de répondre à cette question ! Car il n'était pas dupe : ce n'était pas Costes qui l'obligeait à l'aider ! Pas davantage qu'auparavant ce n'avait été Périer ou Brochard ou Paul Vialat ! C'était lui seul qui allait passer son temps dans la neige à rechercher les traces de déments dans le genre de ce type qui venait d'assassiner Hortense Rives et Martine Mestre. Costes ne s'était aperçu de rien là-haut. Et alors ? Il aurait peut-être eu un peu plus tard l'idée d'aller vérifier que le type n'était pas venu de la combe. Quoi qu'il en soit, ce n'était pas à lui de s'occuper de ça. Il valait mieux penser à ce Noël, à Laetitia et au livre qu'il avait décidé d'écrire et qui, depuis deux mois, en était resté à une vague idée de plan. Il saisit le combiné du téléphone, puis soupira, vaincu d'avance avant de reposer l'appareil. Bien sûr qu'il irait là-bas demain avec Costes. Parce que c'était ainsi, c'était cela qu'il *sentait* devoir faire, donc ce qu'il ferait. Depuis longtemps, il avait décidé de suivre son intuition. Bon an mal an, cela marchait.

Il porta la tasse à ses lèvres, le café amer le fit grimacer. Il n'en avait plus envie. Il le jeta dans l'évier et rinça la tasse avant de la poser sur l'égouttoir. Il aimait bien ces gestes simples de la vie quotidienne, ils aidaient à suivre le fil. Le parquet craqua. Laetitia entra et posa son menton sur son épaule.

– Elle est allée à la salle de bains s'arranger un peu. Les enfants ne vont pas tarder.

Elle montrait la pendule qui marquait cinq heures.

– Franck, ce n'est pas brillant tout ça.

Il y avait dans le ton de la jeune femme de la peine pour son amie et un vif reproche contre Michel qui avait choisi ce jour de fêtes pour filer. Jeannine avait dit qu'il était allé rejoindre l'*autre*, la choriste, qu'il l'avait avoué avant de partir. Maréchal se tourna vers Laetitia, la prit dans ses bras et l'embrassa. Elle posa un doigt sur ses lèvres.

– Chut. Je sais à quoi tu penses.

Il aurait sûrement été attendri, sous le coup de l'émotion, victime de son cœur de midinette comme lui avait dit quelqu'un un jour. Mais au même moment, un bruit de ferraille et de pot d'échappement perça le silence. Un éclat rouge flamba sur la neige devant la terrasse au moment où débouchait la Twingo de Julie. Sitôt descendus de voiture, les jeunes gens se poursuivirent, se lançant des boules de neige et riant aux éclats. Maréchal songea à toute cette joie, tout ce bonheur de vivre qui allait être gâché dans cinq minutes. C'était déchirant. Une pression de la main de Laetitia sur la sienne lui indiqua qu'elle pensait la même chose. Jeannine entra. Elle avait effacé les traces de ses larmes et s'était un peu maquillée.

Elle eut un pauvre sourire en voyant ses enfants jouer dans la neige.

– Que dois-je faire ? demanda-t-elle.

– Dis-leur la vérité, affirma Laetitia. Ce ne sont plus des gamins. Et puis, plus tôt ou plus tard, qu'est-ce que ça change ?

– Tu as raison. C'est ce que je pense. Je vais leur parler.

Derrière la fenêtre, Maréchal et Laetitia la virent s'approcher de ses enfants. À voir leurs mines d'abord intriguées puis bouleversées, ils comprirent qu'elle leur racontait ce qui se passait. Elle leur montra le chalet, sans doute parlait-elle d'eux. Quand ils sortirent leurs sacs et des paquets du coffre de la Twingo, ils avaient des visages graves. Les yeux de Judith brillaient de larmes.

En se réveillant, Maréchal fut frappé par le silence qui régnait dans la maison. Il se leva et, passant ses chaussettes, posa les pieds sur le parquet. Puis en s'efforçant de ne pas faire trop de bruit, il sortit de la chambre. La pendule de la cuisine marquait cinq heures. C'était son heure, celle où l'on avait le sentiment, non que le monde vous appartient – cette illusion, il l'avait perdue et ne le regrettait pas – mais que votre place dans celui-ci est réelle. La solitude du petit jour lui redonnait cet élan qui le portait depuis longtemps, même s'il devenait de plus en plus aléatoire pour lui ; maintenant qu'il avait réglé beaucoup de ses comptes – et avant tout avec lui-même –, il ne souhaitait finalement plus que profiter de cette vie, de ses souvenirs les plus chers et surtout des instants de magie que l'existence lui accordait. Penser que Sébastien Costes viendrait le chercher au milieu de la matinée pour examiner les traces laissées par le fou, faillit ternir ce beau moment. Il l'évita en entrouvrant doucement la fenêtre de la cuisine et en admirant des lieues et des lieues de paysage somptueux sous une lune vif-argent dont la lueur éclairait jusqu'aux cimes des sapins de la forêt. Le reflet sur la neige indiquait qu'il devait faire très froid. Le thermomètre électronique placé devant la fenêtre indiquait un -8°.

Il eut une pensée pour sa maison de La Grézade. Faisait-il aussi froid là-bas ? Sans doute que non. Il se demanda si la lune y était aussi grosse. Cela faisait partie de ce à quoi on n'avait pas de réponse. Il aurait fallu savoir un tas de choses. Il avait essayé à un moment de se plonger dans des livres d'astronomie. En vain. D'un jour sur l'autre, il oubliait ce qu'il avait cru comprendre. Il avait fini par abandonner, jugeant, comme dans tant d'autres cas, que tout ça était devenu complètement inutile pour lui. Peut-être était-il trop tard. Il lui suffisait de se savoir capable d'apprécier la beauté du monde. Il se rappela de tout ce qu'il avait à faire au jardin de La Valette. Mais il avait le temps, enfin c'était ce qu'il pensait toujours à cette époque de l'année. Et puis le printemps arrivait, et il se trouvait devant une montagne de tâches qui lui paraissait insurmontable. C'était toujours pareil. Comme pour les livres... Il chassa l'idée déprimante de son manuscrit à peine commencé.

La cafetière chuchota. Il se servit une grande tasse. Le café était brûlant, mais il lui fit du bien. Il trouva une boîte de pain grillé et en grignota une tranche. Il aurait souhaité partager cette paix avec Laetitia. Quel rêve faisait-elle en ce moment ? Ce secret était un peu douloureux. Et il y avait tout le reste… La soirée de Noël, gâchée malgré leurs efforts à tous. Surtout ceux des enfants qui avaient eu l'air de ne point s'étonner autant que prévu du départ brutal de leur père. Ils en savaient peut-être plus que Jeannine. Au milieu du repas, elle avait brutalement éclaté en sanglots parce que la dinde était un peu brûlée. Elle s'était réfugiée dans la cuisine où Laetitia l'avait consolée.

Il eut brusquement l'impression d'une présence. Il finit par apercevoir Judith qui le regardait. Deux yeux perçants fixés sur lui dans l'ombre du recoin derrière le frigo.

– Qu'est-ce que tu fais là ?

La lueur maintenant ironique de son regard lui indiqua qu'elle mesurait la banalité de sa question. Elle ne jugea même pas bon de répondre. Il soupira et, montrant la fenêtre, récita :

– *La lune blanche*

luit dans les bois…

– Na, na, na… *C'est l'heure exquise.*

– Tu connais.

– Paul Verlaine. Mais ne vous faites pas d'illusion, c'est mon prof de français qui nous a obligés à l'apprendre. Sans ça…

Il savait qu'elle détestait la littérature, ses notes en français en disaient long. Sans doute se cachait-il une poésie dans les chansons qu'elle écoutait, même si Maréchal les jugeait sans intérêt.

Elle portait une chemise de nuit effrangée d'où dépassaient des bras secs comme des branches et des jambes tout aussi fines, les pieds dans des pantoufles avachies. C'était Judith ! Et lui jouait les anciens combattants !

– Vous croyez que Maman va tenir le coup ?

Il hésita. Il aurait répondu oui spontanément, mais une telle angoisse perçait dans le regard de Judith qu'il devait faire attention.

– Je pense que oui. Ta mère est très forte.

– Peut-être pas autant que vous croyez, murmura-t-elle. Et puis elle ne s'attendait à rien.

Il se jeta à l'eau.

– Ça ne semble pas être votre cas à tous les trois...

– Pourquoi dites-vous ça ?

Il haussa les épaules.

– Une impression. Hier au soir, quand elle vous a dit ce qu'il se passait...

Elle soupira, crispa ses mains l'une sur l'autre et dit avec violence :

– C'est qu'on la voit venir depuis longtemps la Nathalie.

– Ah *elle* s'appelle Nathalie...

– Vous ne le saviez pas ?

Était-ce bien Jeannine qui avait raconté à Laetitia qu'une des choristes de l'orchestre tournait autour de Michel ? Après tout, peut-être était-ce Judith ou sa sœur. Il lui demanderait.

– C'est une...

Il la coupa d'un geste en posant son doigt sur ses lèvres.

– Chut.

– Vous avez raison. Mais si je l'avais devant moi maintenant…

La fameuse Nathalie avait intérêt à éviter les filles de Michel, au moins Judith. Constituer une « famille recomposée » ne serait pas facile. Encore une expression qui l'agaçait.

– Tu n'as pas dormi de la nuit ?

– Si, une ou deux heures. Mais j'attends le Père Noël.

En plus de l'ironie, il y avait du désespoir dans le ton de la gamine. Il la vit crisper davantage ses doigts. Elle enfouit la tête entre ses bras et éclata en sanglots. Il vint près d'elle, et caressa ses cheveux. Il posa la main sur son épaule et la serra. Puis, il se tourna vers la fenêtre et attendit. Derrière lui il y eut encore quelques sanglots, elle renifla et finit par se moucher. Elle se leva et regarda à ses côtés le spectacle de la nuit. Elle murmura :

– C'est beau. (Elle renifla encore et récita doucement :)

Un vaste et tendre
Apaisement
Semble descendre
Du firmament
Que l'astre irise…
C'est l'heure exquise.

Il ne dit rien. Au fond de la nuit, on distinguait une fine bande de ciel à peine plus claire tandis que la lune, à toute vitesse, disparaissait derrière la muraille des sapins. Trente secondes plus tard, il entendit

Judith s'éloigner. Son pas faisant craquer le plancher, elle quitta la pièce en déclarant :

– Je vais dormir un peu. La journée sera rude.

Il sourit. Elle s'en tirerait.

Il contempla longuement le paysage, mais le cœur n'y était plus. Il avait fait une toilette de chat en évitant de réveiller tout le monde et revêtu des habits chauds qu'il avait trouvés dans un placard près de l'entrée. Un bonnet multicolore qui devait appartenir à une des filles enfoncé sur les oreilles et les mains dans les poches d'une canadienne en toile marron au col en fausse fourrure, il avait pris la direction du petit pont sur lequel passait le chemin d'accès au chalet. La neige crissait sous ses semelles. Arrivé près d'un immense sapin, tellement touffu que la neige n'avait pas recouvert le sol en dessous, il avait trouvé un sentier praticable qui remontait vers les crêtes. Du côté gauche, il voyait toute la plaine, au fond de laquelle il devinait les lumières d'une bourgade qui n'était pas La Bastide. Au-dessus, la lune avait disparu, remplacée par des myriades d'étoiles qui éclairaient assez pour qu'il avance sans difficulté. Il avait pris énormément de plaisir dans cette marche solitaire, à cette heure avant l'aube où le monde semble se préparer à un élan, où déjà la nuit s'éloigne à petits pas. Il avait abouti à un cul-de-sac de la forêt. Il avait encore attendu un peu, il avait froid maintenant. Mais le spectacle en valait la peine. Après que le ciel nocturne se fut déchiré, une vague de lumière s'était étendue sur la vallée, chassant l'ombre des recoins de la forêt, réchauffant l'air du matin avec un gros soleil rosé qui émergeait de l'horizon. Il était revenu sur ses pas, ses traces dans la neige, les seules, l'avaient ému.

Lorsque la camionnette des gendarmes se présenta devant la terrasse, Maréchal fut soulagé d'échapper à la lourde atmosphère du chalet. Même Laetitia, qui se laissait rarement abattre par les événements, paraissait triste. Julie et Romain avaient à l'évidence fait semblant de se réjouir de leurs cadeaux mais le cœur n'y était pas. Quant à Judith, elle était invisible, ce qui n'était pas surprenant après une nuit blanche à méditer dans la cuisine. Au milieu de tout ça, Jeannine avait fait des efforts considérables pour que la maisonnée entière ne sombre pas dans la dépression qu'on lisait dans ses propres yeux, alors qu'elle préparait le déjeuner. Les considérations météorologiques des uns et des autres ne pouvaient masquer le vide créé par l'absence de Michel. À un moment, par inadvertance, Jeannine avait posé un bol marqué à son prénom sur la table et avait éclaté en sanglots.

Lorsque Sébastien Costes était descendu de la voiture, Maréchal avait immédiatement remarqué que quelque chose n'allait pas.

– On ne peut pas y aller tout de suite.

Maréchal attendit la suite.

L'adjudant avait l'air accablé.

– Il y a un autre mort..., lâcha-t-il en soupirant.

– Comme les deux autres ?

– Non, cette fois c'est sans doute un suicide. Un berger qu'un de ses copains a trouvé en allant vérifier que la neige n'avait pas abîmé le toit de leur chalet d'estive.

– Loin d'ici ? demanda Maréchal.

– Par là, fit Costes en montrant les crêtes. Une demi-heure, à peu près à pied…

– À pied ?

– Oui. On ne peut pas aller bien loin en voiture. On ira voir le reste quand nous redescendrons Thierry et moi.

Il montrait du doigt son assistant resté au volant et qui salua Maréchal.

Ce dernier de nouveau fut stupéfait en s'entendant demander :

– Je ne peux pas venir avec vous ?

L'adjudant le regarda, incrédule. Ce type était fou de troquer l'ambiance chaleureuse du chalet dont la cheminée fumait, contre le constat du suicide d'un pauvre bougre à qui la neige et l'hiver avaient sans doute ôté le goût de vivre.

– Si vous y tenez… Mais il vous faut des raquettes. La neige est épaisse par là-haut. Vos amis doivent avoir ça, déclara finalement Sébastien Costes.

« Si vous y tenez, si vous y tenez… », grommela Maréchal en allant chercher une paire de raquettes. Non, il n'y tenait pas du tout, et pourtant, il y allait. Il se hissa dans la camionnette bleue et s'assit derrière les deux gendarmes.

Après avoir suivi le même chemin que celui qu'il avait emprunté le matin et être monté beaucoup plus haut par une piste qu'il avait manquée, ils finirent par stopper au bout d'un coupe-feu par lequel le dénommé Thierry avait fait passer le camion. Là, ils avaient chaussé les raquettes et Maréchal avait rapidement retrouvé des sensations qu'il connaissait bien et qu'il aurait savourées sans ce maudit souffle court. À quand remontait sa dernière crise d'arrêt du tabac ? Il préféra ignorer la question et détailler les abords de la piste qu'ils suivaient : une trace dans la neige qui devait être celle du copain du suicidé. Après être sortis de la forêt, ils débouchèrent sur de vastes prairies plein sud où la neige était moins abondante. Il restait même une herbe rousse et rase qui occupait un creux en forme de doline. Au-dessus, se dressait une bergerie longue et basse qui dans le soleil du matin paraissait couverte d'or. Sur le côté, une citerne en plastique et un amoncellement de ferrailles dépareillaient le point de vue qui était par ailleurs magnifique avec l'arrondi de la ligne de crête en arrière de la bâtisse et de petits bosquets d'arbrisseaux ponctuant l'étendue blanche qui reprenait ensuite. Le ciel bleu était seulement pointillé vers le sud par le poivre de vols de corbeaux en maraude. Au-delà, encore, des sommets enneigés vibraient sous la lumière.

Un léger vent de sud passait sans bruit, et il régnait un profond silence quand les trois hommes, Maréchal soufflant toujours, s'arrêtèrent à cinquante mètres de la bergerie. Costes secoua les épaules pour en dégager la neige qu'il avait récoltée juste avant en passant trop près d'un sapin. Il maugréa :

– Allons-y.

Le copain avait calé une table branlante renversée devant la porte de la bergerie pour éviter sans doute que les renards ne cherchent à se glisser à l'intérieur. Maréchal dut attendre un peu avant de s'habituer à l'obscurité. Ils se trouvaient dans une grande pièce presque vide dont la cheminée était encombrée de cendres froides. À côté, une petite fenêtre en forme de meurtrière laissait pénétrer un peu de lumière. Une étagère supportait des couverts en pagaille. Dans un recoin, se trouvaient un lit en bois et une porte. Sur le mur opposé, une ouverture dans le mur donnait sur une sorte de vaste étable. La partie supérieure en était occupée par un fenil rempli de fourrage dont le plancher était posé sur de longues poutres mal équarries. À l'une d'elles un corps était pendu. Il faisait sombre dans l'étable, mais quand Costes éclaira de sa torche électrique le visage du mort, Maréchal le reconnut parfaitement.

Alors qu'un peu plus tard, ils étaient ressortis soulagés de retrouver le grand air, il dut se faire violence pour ne pas se traiter de tous les noms. Pourquoi n'avait-il donc pas dit à l'adjudant qu'il avait déjà vu ce visage la veille dans les rues de La Bastide en grande conversation avec Antoine Delacroix ?

4

Un ronronnement sourd monta de la vallée. Maréchal, assis sur un rocher à vingt mètres de la bergerie, leva la tête, la main en visière à cause du soleil éblouissant. L'hélicoptère remontait le long de la crête tel un gros insecte. L'engin fit un large virage avant de revenir vers la bergerie en soulevant des nuages de poudreuse et se posa sur une partie de la prairie que Sébastien Costes et son adjoint avaient sondée et où il y avait moins de neige, à cause du vent. L'adjudant avait contacté le Centre de secours et expliqué qu'il avait un cadavre sur les bras et aucune possibilité de le ramener vers La Bastide. Il se voyait mal redescendre chercher un brancard pour évacuer le corps. L'engin amenait aussi des spécialistes de la police scientifique, déjà présents pour les deux meurtres. Pour lui, le suicide du berger ne faisait aucun doute. Il avait malgré tout ratissé la bergerie et ses abords à la recherche d'un éventuel indice. Maréchal l'avait laissé faire et s'était assis sur la pierre. Sans la sale histoire de ce pauvre homme qui se balançait tout à l'heure au bout de sa corde, tout aurait été idyllique dans ce coin du monde. Le ciel d'un bleu extrêmement léger faisait ressortir les lignes épurées de la crête. Les prairies d'estive étaient blanches de neige, une couverture nacrée que cousaient quelques lignes d'arbrisseaux et des alignements de gros rochers habillés de lichens jaunes dorés par le soleil. Pourtant, le ver était dans le fruit, il y avait ce type qu'ils avaient dépendu d'un commun accord, même si l'adjoint de Costes avait déclaré qu'on lui avait appris en cours qu'on ne devait rien toucher sur les lieux avant le passage des *spécialistes*. Sébastien Costes était passé outre. L'homme reposait maintenant sur la table de la bergerie dans une couverture.

Maréchal était mal à l'aise. Quelque chose lui échappait. Il était revenu vers la bergerie et avait passé un moment à fouiner lui aussi dans la bâtisse. Il allait ressortir de la petite cuisine aménagée dans un appentis, quand son attention avait été attirée par un grand sac à dos de montagne rempli de provisions. Et sur l'évier, des légumes épluchés, à côté un faitout rouge en fonte rempli d'eau. À l'évidence, on avait eu l'intention de préparer une soupe. Maréchal avait fini par appeler Costes. L'adjudant était resté immobile sur le seuil à cause de l'obscurité.

– Vous croyez qu'on fait de la soupe avant de se pendre ?

– Oui, ça peut arriver, mais ce doit être rare... Qu'est-ce que vous voulez dire ? avait demandé le gendarme.

– Rien ! avait affirmé l'écrivain. Je vous fais part d'une réflexion.

Comme Costes le regardait, il avait complété :

– Et je me la fais parce qu'une fois, j'ai vu quelqu'un *qu'on avait pendu*[1]. Maintenant, bien sûr…

– Les spécialistes nous le diront.

Maréchal trouvait que l'adjudant avait décidément une grande confiance dans la police scientifique. Il suffisait d'attendre. Ensuite Maréchal s'était assis sur son rocher tandis que Costes passait des coups de téléphone de tous côtés. Et maintenant l'hélicoptère se posait dans un grand voile blanc. Maréchal préféra rester en retrait, alors que les deux gendarmes et trois autres types se dirigeaient vers la bergerie. Il lui tardait de rentrer au chalet retrouver Laetitia. Parce que, pendu volontaire ou pas, cela faisait son troisième cadavre depuis son arrivée !

Un quart d'heure plus tard, les autres ressortirent de la bâtisse en emportant le corps sur un brancard que le pilote était allé chercher. Puis ils l'installèrent dans l'hélicoptère. Costes était revenu vers lui.

– Il reste une place. Si ça vous tente, il peut vous déposer à côté du chalet de vos amis.

– Vous plaisantez ! À mon âge une autre balade en raquettes me fera le plus grand bien.

– Comme vous voulez. Dans ce cas, je renvoie Thierry à La Bastide avec les gars, pour commencer le rapport. Comme il n'est que onze heures et demie, ça vous dirait de me montrer vos fameuses traces ?

Maréchal acquiesça. Cinq minutes plus tard, l'hélicoptère s'était envolé dans un nouveau nuage de poudreuse que la lumière irisait, avant de disparaître dans le lointain vers la vallée, les plongeant dans un silence

1. Du même auteur : *Les Cendres de juin*, Albin Michel, 2002.

stupéfiant. Même la légère brise avait cessé. Tout en observant Costes poser des scellés sur la porte de la bergerie, puis dérouler tout autour ses fameuses bandes rouges et blanches de signalisation, l'écrivain avait songé à la sérénité de cet endroit et imaginé le paradis que ce devait être en été, se promettant d'y venir s'il le pouvait. Il y avait ainsi quantité de coins pour lesquels il s'était fait une telle promesse. À la réflexion, ils se comptaient sur les doigts d'une main. Mais cette bergerie, pourtant banale et défigurée par la citerne, en faisait immédiatement partie. Ce devait être cela, l'*esprit des lieux* dont on parlait.

Maréchal et son compagnon avaient pris le chemin du retour en suivant leurs propres traces. L'effort était moins vif qu'à la montée et il avait pu mieux apprécier le paysage, digne de ceux des romans de Jack London, qui l'avaient autrefois marqué profondément. Costes devait aussi ressentir un peu cela, car il avait peu parlé, indiquant seulement les raccourcis plus visibles qu'à l'aller, ce qui leur avait permis d'arriver rapidement au chalet. Laetitia était allongée au soleil sur un transat. On ne voyait personne d'autre. La jeune femme avait à peine sourcillé quand il avait dû expliquer qu'il devait encore accompagner l'adjudant pour aller sur les traces du deuxième meurtre.

– Deuxième, premier, troisième, quelle importance ! Avec toi, c'est la procession du Jugement dernier !

Sa voix était aussi douce que le sourire qui accompagnait ces mots. Elle prenait ça plutôt bien. Rassuré, il accompagna Costes sur les lieux de l'assassinat de Martine Mestre et lui fit part de ses découvertes.

– Qu'est-ce que vous en pensez ?

– Rien de plus, affirma Maréchal. J'ai découvert ces traces, je vous les montre. À vous de tirer des conclusions.

– Je tenais à vous remercier. Sans vous, elles seraient certainement passées inaperçues. Nous étions persuadés que la victime était venue en voiture avec son meurtrier. Ces marques dans la neige semblent prouver le contraire. Je vais mettre *les spécialistes* – Maréchal sourit légèrement – sur le coup.

Costes prit de nombreuses photos avec l'appareil numérique qu'il avait déjà utilisé à la bergerie, puis il raccompagna Maréchal. Laetitia n'avait pas bougé. Les deux filles des Charles s'approchaient. Elles étaient encore assez loin sur le chemin enneigé et il eut l'impression que leur discussion était animée. Et que Julie avait pleuré. Ou n'était-ce que le soleil sur la neige qui faisait briller ses yeux ?

Maréchal salua Costes.

– À bientôt. Vous restez ici longtemps ?

Il y avait un vif intérêt dans cette question.

– Nous avions prévu quatre ou cinq jours, mais avec ce qui se passe nous risquons de rentrer plus tôt...

– Ce ne sont pas ces morts qui abrègent vos congés ? demanda Costes avec un peu d'anxiété dans la voix.

– Non, pas du tout. C'est une affaire purement privée.

– Ah bon, soupira l'adjudant, soulagé. Mais si vous

êtes encore dans le coin, je vous dirai ce que nous aurons appris.

– Si vous y tenez.

C'était assez indiquer son intérêt pour tout ça et le gendarme l'entendit bien ainsi.

– Si vous me donniez votre numéro de portable…

– Je n'en ai pas.

Costes le regarda, troublé. Il devait se demander si ses collègues lui avaient tout dit sur l'écrivain. Mais, d'un naturel optimiste, il déclara tout en redémarrant :

– Alors je passerai vous voir. Mais au fait, il faudrait venir à La Bastide pour signer votre déposition.

Maréchal, un peu découragé par la perspective, soupira et descendit du marchepied.

– Au revoir, Costes.

Il regarda la camionnette bleue s'éloigner vers la vallée.

Le lendemain, au moment du déjeuner, tout le monde y mit du sien et, grâce aux enfants, l'atmosphère fut presque joyeuse. Même Judith avait le sourire. Maréchal surprit plusieurs regards à la dérobée de Romain en direction de sa mère, le garçon paraissait la surveiller, guetter ses états d'âme. Jeannine se forçait visiblement.

Après le café, tandis que les filles et Jeannine débarrassaient et que Romain était remonté dans sa chambre, Maréchal se retrouva seul avec Laetitia dans le séjour. Il était presque deux heures de l'après-midi et le soleil inondait la pièce. On entendait un bruit d'assiettes et quelques rires venant de la cuisine.

– Que devons-nous faire ?

Laetitia le regarda, surprise.

– Oui, faut-il rester ici, compte tenu…

– Je ne sais pas. Tu crois que nous devrions rentrer ?

Il haussa les épaules. Il n'en savait rien. Simplement, il avait eu pendant le repas tout d'un coup envie de se retrouver à La Grézade avec elle pour échapper à cette espèce d'engrenage dans lequel il se sentait pris, comme à chaque fois. Il n'avait pourtant rien demandé à personne, il voulait la paix, un peu de paix et vivre, seulement. Elle parut lire dans ses pensées.

– Tu as envie de rentrer ?

– Oh, je vous en prie, restez ! s'exclama Jeannine qu'ils n'avaient pas entendu revenir et dont le regard était tellement triste.

Laetitia posa la main sur son épaule.

– Si tu le souhaites, on restera ici comme prévu. Franck ne voulait pas abuser sans doute. N'est-ce pas ?

– Oui, mentit-il. Bien sûr qu'on peut rester, Jeannine.

Elle sourit, rassurée.

– Merci, dit-elle dans un souffle. Qu'est-ce qu'on fait cet après-midi ?

– Ce qu'on fait toujours quand on est en vacances dans un pays sauvage : des courses à La Bastide !

Maréchal s'efforça à la même gaieté un peu contrainte que sa compagne.

– Le temps de fumer une cigarette et je suis prêt.

– Je vais voir si les enfants veulent venir avec nous, dit Jeannine avec une moue dubitative.

De fait, aucun des trois jeunes gens n'avait voulu les accompagner. Les deux filles devaient de leur côté descendre au bourg vers trois heures avec la voiture de Julie. Ainsi elles seraient beaucoup plus libres. Maréchal avait souri, cette liberté lui rappelait des souvenirs. Sur la route de La Bastide, le soleil avait fini par faire fondre la fine couche qui restait après le passage du chasse-neige et la chaussée ruisselait vers les bas-côtés. Maréchal fit remarquer qu'il faudrait rentrer tôt, parce que s'il faisait une nuit aussi froide que la précédente, la route se transformerait en une vraie patinoire. Personne ne sembla prendre en compte sa remarque, les deux femmes étaient depuis le départ engagées dans une conversation sur la mode du jour qui semblait les diviser. Maréchal put ainsi se plonger dans la contemplation du paysage qui défilait derrière les vitres de la Volvo. Dès qu'ils eurent garé la voiture, il annonça qu'il allait jouer au touriste. Il fut à peine étonné de se retrouver par hasard sur la place principale devant la supérette des Rives. Il s'était attendu à ce que le rideau fut baissé à cause du deuil, il n'en était rien. Derrière la porte vitrée, où au-dessus des heures d'ouverture étaient inscrits les noms d'Eulalie et Hortense Rives, il voyait briller des néons qui éclairaient les rayons de la supérette. Il entra, déclenchant une sonnerie stridente. Il n'y avait pas de clients à l'intérieur. On entendait seulement le ronronnement des congélateurs et un grattement qui venait d'une pièce voisine par la porte de laquelle il vit apparaître la tête d'une vieille femme au regard inquisiteur.

Eulalie Rives était vêtue d'une blouse grise qui lui tombait jusqu'aux chevilles, les cheveux coiffés en chignon étaient blancs. Elle était de petite taille et tenait une sorte de grattoir à la main. Ayant examiné Maréchal sans un mot ni un sourire, elle se remit au mystérieux ouvrage qui l'occupait. Il parcourut les rayons en se demandant ce qu'il pourrait bien acheter pour justifier sa venue. Les étagères étaient peu garnies, cela pouvait s'expliquer par ce qui s'était passé, mais aussi par un manque chronique de clientèle, ce qui, vu l'aspect du magasin et l'accueil réservé par la patronne paraissait le plus probable. Il se contenta de barres de chocolat et se rendit à la caisse. Aussitôt Eulalie Rives sortit comme un diable et, saisissant l'emplette de Maréchal, fit tinter aussitôt sa caisse enregistreuse en annonçant :

– Deux euros !

C'était deux fois le prix de ce genre de gourmandises. Il faillit siffler et aligna ses pièces. Elle les fit aussitôt disparaître dans le tiroir. Il essaya :

– C'est calme.

Elle le regarda par-dessus ses lunettes. Ses yeux étaient rouges. Il eut pitié d'elle.

– On m'a dit...

– Ce qu'on vous a dit ne m'intéresse pas ! le coupa-t-elle d'une voix haut perchée. Mais puisque vous savez que j'ai eu un grand malheur, n'insistez pas.

Il s'en voulut. Elle avait raison. De quoi se mêlait-il ? Ce devait être assez difficile pour cette vieille femme de surmonter sa peine et de continuer à faire tourner son commerce. Elle ne devait pas rouler sur l'or. Et lui venait avec ses gros sabots, parce que, comme d'habitude, il se trouvait mêlé à une sale histoire et qu'au lieu de s'en éloigner, il se mettait à chercher ceci ou cela, à fouiller dans la vie des gens !

Il prit sa friandise et salua la patronne en disant :

– Excusez-moi, je ne voulais pas être indiscret…

– Ça ne fait rien. Vous ne pouvez pas savoir ce que c'est. (Elle renifla légèrement et ajouta :) Mais il le paiera le salaud !

– Qui ça ?

Elle le fixa, parut s'apercevoir qu'elle en avait trop dit et asséna sèchement :

– Ça ne vous regarde pas !

Il sourit et acquiesça :

– Vous avez parfaitement raison. Excusez-moi encore et au revoir.

– Jérémie Perle ! Il le paiera ! lança-t-elle avant qu'il ne sorte.

Maréchal revint sur ses pas.

– Vous l'accusez ?

Elle se figea dans une dignité raide et siffla entre ses dents :

– Je n'accuse personne ! Non personne ! Mais il le paiera, car tout est sa faute.

Puis son visage se ferma et elle regarda fixement devant elle vers la place ensoleillée. Un des néons clignotait de façon dérisoire à côté de cette belle clarté du dehors. Non, décidément ce ne devait pas être agréable de vivre ici toute la journée. Il comprit qu'elle ne dirait plus un mot. Il salua de la tête et s'en alla. Tout en croquant sa barre de chocolat, il traversa la place et, en passant, fit un signe amical vers la statue de Jules Valier.

Des jeunes étaient réunis sur un banc, garçons et filles mêlés, tous arboraient des écouteurs de walkman. Il faillit entamer une de ses réflexions amères sur l'évolution du monde, sur le prix perdu du silence, sur la course en avant de toute cette civilisation... À quoi bon ! Quelque chose à un moment avait basculé et ce qui le faisait enrager c'était de ne pas s'être aperçu à quel moment. Il lui venait évidemment parfois le soupçon que c'était seulement lui qui avait changé. Toutefois, les manchettes des journaux le confortaient dans son dégoût pour toute la boue qui de plus en plus envahissait la vie publique, ou pour cette prédominance de l'argent qui détruisait tout et salissait bien des institutions ou des gens en lesquels il avait autrefois mis sa confiance. Pourtant, dans cette lente dégradation, il restait des îlots de paix et de grandeur. Dans le clair matin de ce 26 décembre, la haute façade de l'église de La Bastide avec, loin au-dessus du tympan, la croix de fer dressée sur le ciel bleu, donnait encore des raisons d'espérer. De même que les fenêtres à meneaux merveilleusement chantournées d'une maison voisine parlaient d'une époque lointaine et oubliée, mais leur beauté intacte était aussi une espérance. Et Maréchal savait qu'il y avait encore bien d'autres motifs d'y croire encore. Car si l'on s'intéressait, par exemple, à ces jeunes assis sur leur banc en train de chahuter ou de se détruire l'audition avec des sons que lui jugeait sans goût, on trouverait dans leurs cœurs des trésors de grâce et de sentiments élevés, il en était sûr.

Maréchal avait toujours aimé prendre les tangentes.

Il se glissa dans une venelle derrière l'église qui menait vers une placette. Une petite terrasse était délimitée par quatre lauriers en bacs et, sous une bâche publicitaire, on avait placé deux ou trois tables. Il n'y avait pas de chaises. À cette saison, rares devaient être les clients qui souhaitaient s'y installer. La devanture l'attira. Elle était visiblement très ancienne. Des panneaux en bois entouraient une vitre masquée par un rideau tendu à une tringle en cuivre qui brillait. Les panneaux éveillèrent la curiosité de l'écrivain car dans chacun des paysages peints, il reconnut des paysages du causse Méjean qu'il affectionnait. Et, de nouveau, l'évocation de *ses grands lieux* lui donnait une violente envie de tout planter là pour y retourner, tant le sentiment d'urgence qu'il éprouvait était impérieux. À cet instant, il aurait dû rentrer avec Laetitia à La Grézade, d'où il aurait pu en deux heures remonter sur ces hautes terres, qui, pour lui, représentaient le royaume de la liberté pure. Cela serait facile. Elle comprendrait sa hâte, même si elle ne l'accompagnait pas, il souhaitait être seul face à lui-même dans ces bouts du monde où passait le vent de l'âme. Et partir aurait présenté l'insigne avantage de sortir de ces affaires auxquelles le hasard l'avait mêlé, et où il s'enferrait, en s'intéressant à ce qui gravitait autour des crimes sordides, comme il venait de le faire en allant espionner – oui, espionner, c'était le mot ! – cette pauvre femme dans sa supérette.

Il aurait pu, mais ne le fit pas. Plus tard, il regretterait de n'avoir pas suivi les conseils de sa voix intérieure. Il tourna le bec de canne de la porte du café. Au-dessus de la vitre étaient admirablement peints à la ronde les noms de « Pierre et Francine Leygue ».

Il lui fallut un moment pour s'habituer à la semi-obscurité, aggravée par un nuage de fumée de tabac. Il aurait eu mauvaise grâce à s'en plaindre, lui qui grillait consciencieusement ses Gauloises les unes après les autres, en sachant parfaitement à quoi s'en tenir. Qu'il ait, depuis, tempéré les conditions de ce suicide ne lui donnait aucun droit à critiquer ceux qui continuaient. Surtout qu'il plongea la main dans sa poche, sortit son paquet, alluma une cigarette, et en tira aussitôt quelques bouffées avec une certaine mauvaise conscience. Il venait de penser à Laetitia qui suivait avec un peu d'angoisse ses progrès sur la voie de la libération depuis qu'il avait claironné imprudemment son intention d'arrêter de fumer. Il fit taire ses scrupules et regarda autour de lui. Quatre vieux étaient assis à une table, devant un tapis de cartes marqué Clacquesin comme on n'en voyait plus. Maréchal leur prêta peu d'attention, il les avait déjà vus si souvent dans les cafés qu'il avait fréquentés, toujours des lieux en dehors du temps comme il les aimait. Il soupçonnait ces gardiens égarés d'une vieille mythologie campagnarde d'en vivre les dernières heures. Abandonnant ses oiseuses et inutiles considérations sur l'espèce en voie de disparition des joueurs de belote, il s'aperçut qu'en fait il y avait d'autres clients dans le café, les quatre vieux n'auraient pas suffi à produire l'opaque nuage de fumée bleue. Au fond de la salle, se trouvait un comptoir en zinc, un vrai. Au-dessus, une large glace étincelait sous un néon, sous laquelle s'alignaient plusieurs étagères de bouteilles qui n'avaient, pour certaines, pas dû être ouvertes depuis des années, à voir la poussière qui couvrait les bouchons, mais qui ajoutaient une note très gaie. Et derrière, se tenait un homme âgé d'une cinquantaine d'années, il portait un béret et un tablier de sommelier bleu marine qui tranchait avec sa chemise à manches courtes d'une blancheur éclatante. Son visage était grave, et ses yeux bleu clair observaient avec une bonté tranquille les consommateurs alignés derrière le zinc. De temps en temps, son regard se dirigeait vers une femme un peu plus jeune que lui, au visage agréable. Elle portait une robe un peu désuète, verte avec des poignets en dentelle et un col brodé. Elle posa sur Maréchal des yeux inquisiteurs qui donnaient l'idée d'une grande force intérieure. Il sut bientôt qu'on l'appelait « Nine ». Les consommateurs semblaient avoir l'habitude de lui passer commande, même si c'était le grand type qui les servait. Les gens du comptoir étaient tous des hommes, comme si même dans une petite ville comme La Bastide, les femmes évitaient de se rendre au café. Ici comme dans bien d'autres qu'il avait connus, flottait un relent du passé, comme une survivance d'un monde rural. Un de ces endroits où autrefois les hommes des campagnes y traitaient, entre deux verres, les affaires importantes. Que les habitués que Maréchal voyait ne soient en rien des paysans en activité ne changeait rien. Dans l'allure, les vêtements, le patois employé parfois au détour d'une phrase, on devinait facilement que s'ils avaient quitté la terre, ce n'était sûrement pas depuis longtemps. Ceux-là, il était facile de les reconnaître, mais il y avait aussi les marginaux.

Même si 68 était loin, ceux aux cheveux blancs venaient tout droit de cette époque, les plus jeunes devaient être des convertis récents, les mouvements actuels, écologiques et autres, reprenant souvent les slogans et les manières de ce temps que Maréchal avait connu de près, épousant souvent les thèses d'alors, toujours valides à ses yeux.

Et à bien y regarder, le couple des tenanciers avait sûrement des liens proches avec cette mouvance. Maréchal en avait suffisamment vu pour en être persuadé, le vêtement, une manière de sourire, et parfois le regard perdu dans les lointains de l'utopie ou de l'avenir, selon sa propre croyance. Les panneaux peints de chaque côté de la vitre du café corroboraient cette idée, car tous ces gens fréquentaient des lieux perdus comme les Causses – le Larzac était encore dans toutes les mémoires – et Maréchal les considérait lui aussi comme des lieux de liberté.

Son attention fut attirée par un grand type d'une cinquantaine d'années aux cheveux gris et longs, aux épaules larges et au visage buriné qu'animaient deux yeux noirs qui semblaient tout inspecter avec attention, et qui d'ailleurs s'étaient portés sur lui dès son entrée. Il discutait avec une jeune femme plutôt jolie, de petite taille, habillée à la diable. Elle buvait ses paroles. Était-ce cette admiration évidente qui lui rendait ce type antipathique ? C'était bien possible et n'avait aucun intérêt. Sauf quand, s'étant approché du comptoir pour commander un café, il entendit le tenancier dire à un client avec une voix de fausset :

– Demande à Jérémie Perle.

Il examina mieux le bonhomme. Il se souvenait

bien de la conversation à la grange entre Jeannine et Lionel Mestre. Ainsi c'était le motard qui leur avait coupé la route, celui dont le nom avait vivement intéressé Sébastien Costes qui semblait bien le connaître. Et surtout, celui qu'Eulalie Rives avait pratiquement accusé !

Cela faisait beaucoup ! Maréchal tenta, en se rapprochant du couple, d'en apprendre davantage. La fille racontait les mésaventures d'une copine. Jérémie Perle lui répondait sans paraître s'intéresser à son histoire. Il fumait de petits cigares noirs à l'odeur nauséabonde qui n'avait pas l'air d'incommoder son amie. Maréchal remarqua encore qu'il venait en peu de temps de vider d'un coup sec son verre de blanc avant d'en commander un autre. Il répondait à la fille par monosyllabes. En baissant la tête, il s'aperçut que le bas de ses jeans était souillé d'une boue rougeâtre, sèche. Posant le pied sur un barreau du tabouret de bar voisin, il la gratta des ongles avec application. Malgré sa tenue décontractée, il était vêtu avec une certaine recherche, comme en témoignait la chemise blanche ornée d'une fine broderie qu'on voyait sous sa veste en peau à franges. Ses jeans eux-mêmes étaient taillés avec élégance, pas comme ceux de Maréchal qu'il remplaçait à l'hypermarché de Saint-Donnat après des années de services. Sa montre était une Rolex, ses ongles manucurés, et il portait une chevalière sur laquelle était montée une pierre rouge ornée d'un dessin que Maréchal ne put distinguer. Il dut interrompre son examen, le type le fixant alors avec la même acuité que lorsqu'il était entré. Il finit son café et se plongea dans la lecture du *Journal* de La Bastide posé sur le comptoir. Il chercha en vain un article d'Antoine Delacroix. Il n'était question ni du meurtre de Martine Mestre ni du suicide du berger, mais il manquait la moitié du journal, l'édition locale se trouvant sous le coude de Perle. Il se vit mal lui demander de le lui passer, estimant qu'il avait déjà suffisamment attiré son attention. Il avait espéré que le bonhomme sortirait avant lui, se reprochant déjà l'idée de le suivre. Ses espoirs furent battus en brèche par l'arrivée d'un jeune homme qui embrassa la fille et serra ensuite avec effusion la main de Jérémie Perle. Ce type avait un regard fourbe. Maréchal s'en voulut de cette idée gratuite. Tout cela devenait stupide ! Après avoir payé son café, il sortit, retrouvant avec soulagement le silence et l'air frais de la place.

5

Il était quinze heures trente à la grosse horloge de l'église. Il alluma une cigarette, tira deux bouffées et l'écrasa aussitôt contre le couvercle métallique d'une poubelle. Tiendrait-il longtemps la résolution prise il y a dix minutes en voyant Perle tousser comme un perdu après avoir aspiré son petit cigare ? Probablement pas. Laetitia avait essayé de le contraindre, et n'avait seulement réussi qu'à l'empêcher de fumer en sa présence, mais il se rattrapait dès qu'elle avait le dos tourné. L'air était chargé d'une odeur d'essence qui venait de l'avenue dont on entendait le bourdonnement sous le porche du passage situé après l'église. Il se demanda ce qu'il allait faire. Il avait deux heures à tuer avant de retrouver Laetitia et Jeannine. Il fut tenté de se rencogner dans un angle sombre près d'une mercerie pour guetter Jérémie Perle. Mais c'était reconnaître qu'il était lancé à fond dans cette histoire. Il partit vers l'avenue.

La circulation était dense et les gens se pressaient devant les vitrines. Cela lui paraissait extraordinaire qu'après la boulimie de dépenses qui avait précédé

Noël, il y eut encore autant de monde pour faire tourner le commerce. Mais le bleu du ciel, la teinte de sucre glace des montagnes, le merveilleux rire d'une jeune fille qu'il entendait à deux mètres de lui, lui firent oublier ses préoccupations sociologiques. Il déambula avec les chalands. Ce mouvement le porta bientôt vers un carrefour. Une multitude de panneaux indicateurs était fixée sur les piliers du terre-plein central et au-delà trônait un bâtiment ultramoderne de verre et de béton qui détonnait avec les alignements d'immeubles bourgeois de l'avenue et des rues adjacentes. Il se trouva bientôt devant et constata qu'il s'agissait de la médiathèque. Une plaque de cuivre fixée sur une stèle en marbre noir l'intrigua. Elle indiquait qu'elle avait été érigée grâce à la générosité de Raoul Delacroix. Ainsi le frère du journaliste, en plus de posséder une grosse fortune et une importante entreprise de travaux publics, était aussi un mécène.

Après tout, une visite dans ce temple de la culture ne pouvait pas lui faire de mal. Une porte coulissante automatique glissa sur ses rails sans un grincement. L'immensité du hall, très haut de plafond et entièrement vitré, tranchait avec le minuscule bureau de l'accueil, inoccupé. Une exposition de tableaux occupait plusieurs panneaux sur la gauche. Les toiles lui parurent d'une laideur incroyable. Comment, après toute la beauté qu'elle avait figurée, la peinture avait-elle pu en arriver à exprimer aussi mal la joie d'exister, la merveille du monde et des êtres ! Il se dirigea vers la bibliothèque et, désireux d'éliminer les excès du réveillon de Noël, il grimpa les marches et oublia l'ascenseur. La porte se referma avec un claquement violent qui résonna longtemps à travers ce bâtiment en apparence complètement désert. Au premier étage, celui de la bibliothèque, il entendit en passant devant l'ascenseur un glissement feutré. À travers la porte à demi vitrée, il vit la cabine qui montait vers l'étage supérieur, devinant vaguement la silhouette de son occupant. Il se trouvait dans un couloir éclairé par des spots halogènes. Il se dirigea vers une porte ornée de l'inscription : « Salle de lecture ». Elle était entrouverte, comme une autre qui lui faisait face et donnait sur un second escalier plus étroit qui, d'après une affichette, menait à des bureaux. Il entendit une voix de femme qui en venait, lointaine et indistincte, et qui semblait lancer une question qu'il ne comprit pas. Il poursuivit son chemin et entra dans la salle. Elle était vaste et lumineuse, ses grandes baies vitrées donnant sur le carrefour. Les postes de lecture étaient équipés d'ordinateurs. Il supposa qu'ils remplaçaient le système de fiches cartonnées utilisé dans sa jeunesse.

Il y avait une éternité qu'il n'était pas venu dans un tel lieu. Visiblement, Raoul Delacroix et ceux qui s'étaient associés à cette grande œuvre n'avaient pas lésiné sur la dépense. Dommage qu'une telle débauche de moyens aboutisse à une salle déserte ! Et ce devait être souvent le cas à voir la poussière qui couvrait les bureaux. Il avait prévu de dire qu'il était venu consulter les œuvres de Jules Valier, mais il n'y avait personne pour l'interroger. On entendait seulement le ronronnement des ventilateurs du chauffage à air pulsé. Sur le mur du fond, il vit une vitrine garnie de livres. Sa curiosité piquée, il s'approcha. Ses pas résonnaient sur le parquet vitrifié sur lequel se reflétaient les ronds lumineux de lampes qui surmontaient chaque bureau. La vitrine elle aussi était éclairée par des petits spots. Il découvrit la collection complète des œuvres de Jules Valier, et des éditions de luxe de ses romans ouvertes à la page d'une illustration de peintre. Rien à voir avec les horreurs du hall d'entrée.

Maréchal fut saisi d'un doute. Étaient-ce bien ses propres ouvrages qui occupaient toute la partie droite de la vitrine ? Il faillit se pincer, mais non, il ne rêvait pas. Et, au milieu de ses textes, on avait placé une copie de l'article de Delacroix juste devant sa photo, une ancienne que son éditeur ressortait dans toutes les occasions. Depuis, il avait bien changé. Au fond il aurait aimé que cela se sache. Il avait bien du mal à comprendre ses collègues qui passaient leur temps à se faire portraiturer sous leur meilleur aspect. Comme si l'image avait la moindre importance ! D'ailleurs, la publicité qui lui était faite dans cette salle le gênait un peu. Au lieu d'en tirer la moindre gloire, il se demandait surtout ce qui avait pu décider quelqu'un à lui consacrer son temps. À côté de son portrait, une affichette signalait sa présence à la grange pour le 22 décembre et portait le logo de l'association de Jeannine. Il était donc logique qu'on parle de lui. Il découvrit aussi un livre consacré à un domaine de la région dont l'auteur était Antoine Delacroix. Ainsi le journaliste écrivait. Décidément le bonhomme l'intriguait de plus en plus.

En passant devant la baie, il vit que le ciel commençait à se charger de gros nuages noirâtres qui ne promettaient rien de bon pour la soirée. Costes avait-il eu le temps d'amener les *spécialistes* sur les lieux du meurtre de Martine Mestre ? Les probables chutes de neige à venir effaceraient tout. Cela n'avait guère d'importance, il était certain qu'ils ne trouveraient aucune trace. Il sortit en refermant soigneusement la porte. Il entendit de nouveau des voix par la porte du petit escalier. Il s'en approcha et écouta. Cela venait des étages. Des voix fortes, véhémentes. Une dispute, pensa-t-il aussitôt. Il parvint juste à saisir quelques mots :

– Tu ne l'emporteras pas au paradis !

C'était une femme. Une voix masculine, chargée de colère répondit :

– Arrête ! Sinon, je ne sais pas ce que je vais faire.

Une porte claqua, un bruit de course dans un couloir désert, puis le silence.

Maréchal attendit quelques secondes. Il se demandait quoi faire. La sagesse aurait voulu qu'il s'en aille. Bien entendu, il n'en fit rien. Il grimpa les marches d'un escalier de service sombre et d'une propreté douteuse. Parvenu à l'étage, il essaya d'ouvrir. En vain. Il continua de monter, il se souvenait que, de l'extérieur, la bâtisse de la médiathèque lui avait paru comporter quatre étages. Au palier suivant, la porte était ouverte. Devant lui, un couloir à l'éclairage chiche desservait des bureaux ou des pièces de rangement, et aboutissait à une vitre opaque. Toujours aucun signe de vie. Pourtant, il était sûr que les voix venaient d'ici. Il s'avança.

À mi-longueur, une porte s'ouvrit brusquement sur sa droite. Un cri de surprise retentit. La magnifique jeune femme que Jeannine avait présentée, le soir de la réunion, comme « l'indispensable secrétaire de l'association des Amis de Jules Valier » avait laissé tomber un volumineux dossier dont quelques feuillets se répandirent sur le lino. Tout en s'efforçant de ne pas trop regarder ses jambes qu'elle découvrait largement en les ramassant, il l'aida. Elle bredouilla :

– Monsieur Maréchal, laissez-moi faire.

Son nom lui revint en mémoire. Marie Péchin. Les feuilles qu'elle rangeait à la diable dans le dossier portaient la mention « Bibliographie de travaux universitaires de Lionel Mestre » et le logo d'une université de sociologie. Il remarqua qu'elle venait de pleurer.

– Je venais voir les livres de Jules Valier et je me suis perdu. Il n'y a donc personne ici ? expliqua-t-il avec sa gaucherie habituelle.

– Oh, vous savez, il n'y a déjà pas foule en temps ordinaire, alors en cette période de fêtes, la culture passe après tout le reste. Avez-vous vu la petite exposition des œuvres de notre héros dans la salle de lecture ? poursuivit-elle.

Maréchal se serait battu en s'entendant répondre :

– Non. Mais ce doit être intéressant.

– Venez, je vais vous montrer.

Il fut frappé par son parfum qu'il trouva un peu ordinaire. En dehors de ça, elle était superbe. Il se demanda pourquoi elle éprouvait le besoin de mentir :

– Attendez-moi deux secondes, il faut que je range ce dossier d'une de nos stagiaires.

Elle s'engouffra dans une petite pièce remplie d'armoires de classement métalliques. Par la fenêtre donnant à l'arrière de la médiathèque, il aperçut les arbres dénudés d'un jardin public, des restes de plaques de neige sur les pelouses et l'eau du bassin qui semblait gelée. Au-delà des arbres, on devinait les façades austères des maisons bourgeoises. Dans les allées du parc, un couple âgé et emmitouflé se tenait par le bras. C'était d'une tristesse sans nom. Marie Péchin revint rapidement. Elle l'entraîna vers la salle de lecture. Le ciel avait dû se couvrir encore, car la jeune femme alluma de nouvelles lampes pour qu'ils y voient mieux. Elle commença par l'exposition de Jules Valier, puis poursuivit par celle qui lui était destinée. Très gêné, il s'obligea à feindre la surprise.

– Il ne fallait pas...

– Pourquoi ? demanda-t-elle surprise.

– Parce que Jules Valier était un *maître,* lui !

– Mais vous aussi, Franck ! s'exclama-t-elle. Vous permettez que je vous appelle Franck ?

Cette familiarité d'une aussi jolie femme aurait dû le ravir. Elle le gêna encore plus. Il acquiesça.

– Appelez-moi Marie, dit-elle avec un soupçon de coquetterie.

Pour se donner une contenance, il se plongea dans l'examen des éditions illustrées de Valier. Une d'entre elles était remarquable, il ne connaissait pas le dessinateur, un certain Pascal Redorte, mais il trouvait ses images en parfaite harmonie avec le texte qu'il connaissait par cœur. C'était réconfortant.

– Qui est ce Pascal Redorte ?

– Un garçon formidable, dit-elle avec un enthousiasme non feint. Il est de La Bastide, enfin presque. Il habite en montagne, dans une ferme restaurée. Tout près de chez Jérémie Perle, ajouta-t-elle avec acidité. Ah, mais c'est vrai vous n'êtes pas d'ici, se rattrapa-t-elle aussitôt. Quel dommage.

Elle minauda d'une façon qu'il n'aima pas.

– Que je ne connaisse pas ce monsieur Perle ?

– Oh non, vous n'y êtes pas ! Non, c'est dommage que vous ne soyez pas d'ici. Vous vous rendez compte ? Deux grands écrivains, ce serait la gloire de La Bastide !

N'avoir aucun doute sur les opinions des autres était le seul moyen de se sortir de ce jeu de dupes du milieu littéraire, son milieu, songea Maréchal. Pour ne pas décevoir Marie Péchin, il ne répondit rien. Elle se lança dans une longue tirade sur les qualités artistiques du dénommé Pascal Redorte. Maréchal trouva que c'était excessif. À la grange, elle lui avait paru sympathique et intelligente. Mais là, elle en faisait trop. Elle lui remit le catalogue de l'exposition qu'il feuilleta par politesse. Après la préface classique du député maire, il trouva le texte de fond du livret : « Vie et œuvres de Jules Valier par Marie Péchin. » Ainsi tout s'expliquait. La belle se piquait d'écrire et sans doute espérait-elle que sa prose attirerait son attention. Par chance, il découvrit au milieu un cahier broché de photos de Valier, qu'il n'avait jamais vues. Remarquant son intérêt, elle commenta :

– Elles sont d'Antoine Delacroix, notre journaliste. Vous le connaissez ?

– À peine. Enfin, j'ai entendu parler de lui.

Il montra l'article du *Journal* de La Bastide qui le concernait.

– Ah oui, c'est vrai. Il faudrait que vous le rencontriez.

Il se crut obligé de la complimenter sur son texte.

– Ce n'est rien, dit-elle, juste un petit témoignage d'admiration pour une œuvre immense.

Maréchal détestait ces emphases, elles lui semblaient souvent d'une hypocrisie parfaite.

Il commençait à se lasser de ses commentaires sur les œuvres de Valier. À ce rythme-là, il aurait fini par en avoir même assez de l'auteur. Il cherchait comment se tirer de là quand un cri retentit. Un long hurlement qui venait du couloir. Maréchal se précipita.

– C'est Florence ! s'écria Marie Péchin d'une voix angoissée.

Le hurlement reprit, bientôt brisé par un long sanglot. Il avait de la peine à déterminer d'où il venait vraiment. Plusieurs portes étaient ouvertes. Il s'engouffra dans le couloir. Tout à coup, les sanglots lui devinrent perceptibles, tout proches, venant d'une pièce à gauche. Celle où la jeune femme avait rangé son dossier. Le plafonnier au néon jetait une lumière de salle d'opération, pensa-t-il.

Une jeune fille d'une vingtaine d'années se tenait au milieu de la pièce. Petite et boulotte, vêtue d'un gros tricot épais qui dissimulait ses formes et d'une jupe à carreaux démodée, elle n'était pas jolie, mais son regard terrifié émut Maréchal. Quand elle le vit entrer, elle eut un mouvement de défense pour se jeter en arrière.

– Ne craignez rien. Je ne vous veux aucun mal. Que se passe-t-il ?

Elle mit quelques secondes à réaliser qu'elle ne risquait rien. Elle se remit à pleurer en lui montrant l'espace entre deux armoires métalliques. Il vit un corps allongé en chien de fusil sur le sol. Autour il y avait une marre de sang. C'était une femme. Il s'approcha de la jeune fille, lui tendit la main et l'entraîna hors de la pièce. Alors qu'il revenait vers la porte, Marie Péchin entra.

– Ne regardez pas ! Occupez-vous plutôt d'elle.

Il fut frappé par le sang-froid de la bibliothécaire. Elle regarda le cadavre étendu sans ciller.

– C'est Michèle Druille. Qui a pu faire ça ?

Maréchal pensa que c'était en effet la bonne question. Il sentit qu'en entendant prononcer le nom de la victime, la jeune fille allait recommencer à hurler. Il la poussa presque dans les bras de Marie Péchin et répéta :

– Occupez-vous d'elle. Faites-la sortir d'ici.

Une fois seul, il observa soigneusement la scène, cherchant quelque chose de spécial. La victime avait dû être frappée de plusieurs coups de couteau par-derrière. Mais que faisait-elle dans cette pièce et surtout entre ces deux armoires métalliques dont l'une était ouverte où l'on voyait une quantité de dossiers ? À côté, il y avait une petite table. Rien n'était posé dessus. Elle devait servir à examiner les dossiers. Si c'était bien ce qu'elle faisait au moment du meurtre, celui qui l'avait tuée avait certainement emporté les papiers qu'elle consultait.

Dans l'armoire, le classement était alphabétique. Maréchal avait un doute, qui se confirma. À la lettre M un dossier manquait. Il croyait aux coïncidences, mais raisonnablement. Le sol était recouvert de dalles plastique. Il était propre, un peu poussiéreux dans les angles. Près de la porte, à un mètre du corps, on devinait une trace de terre jaune, à moitié effacée. En se penchant, il constata qu'on avait effacé d'autres traces identiques laissant un léger contour, presque indiscernable. Le tueur n'avait pas dû avoir le temps de finir le nettoyage. Peut-être avait-il entendu un bruit ? Il vit, en sortant, qu'il n'y avait pas de traces de pas sur le sol du couloir. Les *spécialistes* de Costes en trouveraient peut-être davantage.

Costes ! Il faut le prévenir !

Florence pleurait, blottie dans les bras de Marie Péchin, qui avait l'air un peu détaché devant cette détresse. Comme Maréchal sortait, elle repoussa la jeune fille.

– Florence. Il faut prendre sur vous maintenant. Vous ne risquez plus rien ! dit-il elle un peu sèchement.

– Je le sais. C'est seulement que madame Druille, là, couchée dans son sang…

Maréchal se demanda si elle n'allait pas hurler de nouveau. Elle éclata seulement en sanglots. Mais cette fois Marie Péchin ne la prit pas dans ses bras.

– N'est-ce pas dans cette pièce que vous avez rangé votre dossier tout à l'heure ?

Il était sûr de la réponse.

– Si, en effet. Comment n'ai-je rien vu ?

– Certainement parce que cela vient tout juste de se produire.

Elle frissonna.

– Le dossier de Lionel Mestre a disparu, fit négligemment Maréchal.

– Ah bon ? demanda-t-elle avant de se mordre les lèvres en réalisant qu'elle avouait ainsi avoir menti en parlant d'une « jeune stagiaire ».

Il laissa passer quelques secondes pour qu'elle comprenne qu'il le savait, puis laissa tomber d'un ton neutre :

– Il faut prévenir les gendarmes.

Un quart d'heure plus tard, posté derrière une baie circulaire qui donnait du jour à l'autre extrémité du couloir, il voyait les toits de La Bastide et leurs ardoises grises. Le ciel était toujours aussi menaçant. En baissant les yeux, il aperçut les éclats orange du gyrophare des gendarmes. Il imagina la tête de Sébastien Costes. Il l'avait appelé depuis le poste téléphonique de la salle de lecture, il y avait eu un blanc dans le combiné. Puis l'adjudant avait dit :

– Vous plaisantez ?

– Hélas non…, avait simplement soupiré l'écrivain.

– Périer me l'avait bien… (Il s'était interrompu.) Bon, j'arrive ! Et surtout en attendant… Mais vous avez l'habitude.

Maréchal eut envie de hurler que non. Il n'avait pas l'habitude ! Tout ce sang versé, tout ce malheur lui étaient étrangers. Par quel sortilège se trouvait-il toujours sur les lieux des crimes ? Il en avait assez. Il aurait donné cher pour que cela cesse. Que faisait-il là à attendre que Costes et son adjoint, dont la camionnette venait de se garer devant la médiathèque, arrivent pour constater ce nouveau meurtre et interroger tout le monde ? Ce serait long, il aurait peut-être juste le temps de rejoindre Laetitia et Jeannine au rendez-vous.

Il était sorti de la salle de lecture, ayant assez entendu la jeune fille pleurer. Marie Péchin, assise sur une chaise, regardait fixement devant elle. Il était difficile de deviner ses sentiments. Maréchal hésitait entre sang-froid ou sécheresse de cœur. Probablement les deux.

Pourquoi avait-elle menti au sujet du dossier Mestre ? Il n'arrivait à aucune hypothèse à ce sujet, mais il lui manquait trop d'éléments. Comme souvent, cela se résoudrait sans doute par une explication simple, ou alors il n'aurait aucune explication. Mais c'était peu probable, il se savait opiniâtre et curieux. Il lui suffirait d'écouter les uns et les autres et elle lui sauterait aux yeux. Il eut tout d'un coup la désagréable impression qu'il se fourvoyait. Cela lui était déjà arrivé dans d'autres affaires. Mais alors, l'intérêt de rechercher la solution était le plus fort. Curieusement ce n'était pas le cas à cette heure alors qu'il se rendait compte que le couloir n'était pas chauffé et qu'il frissonnait. Sans l'arrivée de Costes, il serait sans doute parti. Une porte claqua et la voix claire et sans mystère de l'adjudant retentit :

– Ah vous voilà, Maréchal ! Où est le corps ?

– Suivez-moi.

En les précédant vers la réserve, l'écrivain fut frappé par le bruit que faisaient les souliers. Leur claquement résonnait comme dans une église. Arrivés dans la pièce, Costes siffla entre ses dents et lança sur un ton qui se voulait désinvolte :

– On dirait que j'ai déjà vu ça quelque part. Vous avez des idées ?

– Non pas vraiment, sauf...

– Quoi ? le coupa Costes, plein d'espoir.

– Rien de bien important sans doute, dit Maréchal en désignant l'endroit du plancher où il avait vu les traces de pas.

Le gendarme se pencha dans la direction indiquée.

– Quoi ? Qu'est-ce qu'il y a à voir ?

– Diantre ! Il est fort !

– Expliquez-vous, bon sang. Qu'est-ce qu'il y a à voir ? Et qui est fort ?

– Tout à l'heure quand nous avons découvert cette pauvre femme, j'ai vu des traces de boue sur le lino. Le fait qu'elles aient disparu implique qu'on les a effacées. Et qui d'autre que l'assassin a pu le faire ?

– Vous voulez dire qu'il est resté à côté ? Mais vous étiez là !

– Non. Nous sommes allés vers la salle de lecture. *Il* a très bien pu attendre que nous soyons sortis de la pièce pour revenir.

– Il est peut-être encore dans le bâtiment.

– Ça m'étonnerait. Il est trop fort.

– Vous avez raison. De toute façon nous ne sommes que trois. Inutile de partir à sa recherche, c'est trop grand ici. De qui vous parlez, quand vous dites « nous » ?

– En dehors de moi, la bibliothécaire madame Péchin et la jeune employée qui a découvert le corps.

– Et où sont-elles ?

– Dans la salle de lecture.

– Allons les voir. Thierry, vous restez ici et vous notez tout. Faites des croquis. On prendra des photos après. Et puis, on ne sait jamais, s'il revenait !

Maréchal crut lire un peu de crainte sur le visage du jeune gendarme.

Dans la salle de lecture, les deux femmes étaient exactement dans la même position que lorsqu'il les avait quittées. Florence avait séché ses larmes, même si elle arborait toujours une mine défaite. Quant à Marie Péchin, les yeux brillants de contrariété, elle était encore plus belle. Costes sembla subjugué en la voyant.

– Adjudant Costes. (Il avait presque claqué les talons en disant ça.) C'est vous qui avez découvert le crime ? demanda-t-il en s'adressant à la jeune fille.

– Oui.

– Qu'est ce que vous alliez faire dans cette pièce ?

– Ranger des dossiers. J'ai allumé et, quand je suis entrée, j'ai vu Mme Druille et tout ce sang !

Elle avait fini sa phrase sur un ton un peu hystérique et les larmes recommencèrent à couler.

– Calmez-vous, dit Costes très gentiment. Il ne faut pas vous mettre dans cet état.

Avec beaucoup de bon sens, elle répliqua :

– J'aurais voulu vous y voir. Oh, excusez-moi, capitaine.

– Adjudant, adjudant seulement, fit Costes en souriant. Il y a un téléphone ici ?

– Sur le bureau, répondit Marie Péchin.

Elle suivit le gendarme en disant :

– Il faut le code. Je vais le faire pour vous.

Maréchal les regarda s'éloigner. Costes avait l'air chargé de responsabilités. Il avait vieilli ces derniers jours. La démarche accablée, malgré une assurance de vieux routier. La beauté de Marie Péchin touchait peu Maréchal, désormais plus intéressé par la complexité de son caractère. Quels liens pouvaient l'unir à Lionel Mestre dont la femme avait été sauvagement assassinée ? Il ne pouvait pas ne pas s'interroger sur cette conversation dont il avait entendu des bribes. « Tu ne l'emporteras pas au paradis ! » Était-ce Marie Péchin qui criait ? Qui lui avait répondu ? Le dossier que la bibliothécaire tenait en main inclinait à penser qu'il s'agissait de Lionel Mestre. Mais elle pouvait avoir pris ce dossier par hasard, et se disputer avec quelqu'un d'autre. Il essaya de se souvenir des voix. Même dans le cas de la jeune femme, il était incapable de trancher. Sans parler de Mestre qu'il avait entendu prononcer quatre mots à la grange.

De nouveau lui revint cette question lancinante : en quoi était-il concerné ? Même s'il n'avait rien demandé, il se retrouvait mêlé à cette affaire par sa simple présence. Même si cela ne tenait pas debout, il était *impliqué*.

– Vous croyez qu'on va devoir rester longtemps ? demanda la jeune fille. Mon ami m'attend à cinq heures et il est moins cinq, dit-elle en montrant une grosse horloge ronde en inox qui trônait sur un mur, comme pour rappeler aux usagers de la bibliothèque de ne pas abuser des horaires.

– Je ne sais pas, répondit Maréchal. Je vais essayer d'arranger ça.

Il s'approcha de Costes, qui raccrocha en annonçant :

– Les spécialistes seront là dans une heure. Et j'ai aussi demandé des renforts.

– Est-ce que vous avez encore besoin de nous ? demanda Maréchal en montrant Florence.

– On va juste relever les identités, dit Costes et après on vous convoquera à la gendarmerie. Mais pour vous, la déposition sera longue !

L'écrivain grimaça et se crut obligé de répondre par une boutade :

– Les longs textes ne me font pas peur vous savez. Alors si vous êtes d'accord, je m'en vais. À votre disposition.

– Ne me le répétez pas trop ! fit Costes en souriant.

Il se dirigea vers la jeune femme après avoir extrait un carnet de sa poche.

Marie Péchin rangeait des fiches, visiblement la tête ailleurs. De nouveau, Maréchal nota dans son regard une certaine acrimonie. Il aurait donné cher pour savoir à qui elle pensait. Il ne put s'empêcher de songer encore à Lionel Mestre.

– Je m'en vais dit-il. L'adjudant va juste prendre vos coordonnées. Nous serons ensuite convoqués à la gendarmerie pour déposer. Vous serez bientôt libre.

Pourquoi pensait-il alors au double sens que pouvait avoir sa phrase ? Elle n'y prit pas garde.

– Oh, vous savez, moi je reste ici jusqu'à dix-huit heures. Alors…

– Vous allez certainement devoir fermer la médiathèque pendant quelques jours.

– Vous avez vu, avec le nombre de visiteurs que nous avons en ce moment, cela ne posera pas de problème !

Il allait la saluer avant de partir, mais une question lui taraudait l'esprit.

– Je voulais vous demander…

Il hésita. Elle le fixa.

– Oui, quoi ?

– Pourquoi m'avez-vous menti ?

Son regard resta tout aussi clair.

– Moi, je vous ai menti ?

Il sourit sans gentillesse. Elle avait trop d'aplomb !

– Oui. Quand on a parlé du dossier. J'avais parfaitement vu qu'il s'agissait de celui de Lionel Mestre, et vous m'avez raconté une histoire de stagiaire.

Elle ne cilla pas. Exaspéré, Maréchal martela :

– Vous savez, je suis sûr que ce détail intéressera l'adjudant. Il ira chercher du côté de Mestre.

Les yeux de Marie Péchin se troublèrent. Il crut qu'elle allait lui demander de ne rien dire, mais elle avait suffisamment d'empire sur elle-même pour garder le silence.

– Comme vous voudrez. Au revoir.

– Au revoir, Franck.

– Au revoir, mademoiselle Péchin.

Tout en quittant la salle de lecture, il se retourna. Elle n'avait pas bougé de place et le fixait d'un regard inexpressif. Costes lui fit un signe amical de la main. Maréchal suivit le couloir et cette fois il prit l'ascenseur. En entendant le glissement feutré de celui-ci, il essaya de se souvenir de la silhouette qu'il avait aperçue quand la cabine était passée devant l'étage. Mais il n'aurait même pas pu dire s'il s'agissait d'un homme ou d'une femme. Il avait oublié d'en parler à Costes. Oui, il avait raison, cela ferait une longue déposition.

Le hall était toujours désert et les œuvres de Pedro Leroi, toujours aussi démoralisantes de laideur. Il se précipita à l'extérieur, heureux de retrouver le grand air, même mélangé de quelques vapeurs de pétrole.

6

Le ciel était presque noir. Les lampadaires s'étaient déclenchés d'eux-mêmes. Par contraste, les illuminations des boutiques y gagnaient un air plus pimpant. En passant devant un jardin, il vit que des sapins luisaient dans cette atmosphère un peu glauque d'un crépuscule forcé. Il regarda sa montre, il n'était pourtant que dix-sept heures. Il lui restait encore une demi-heure avant de rejoindre Laetitia et Jeannine Charles. Suivre les trottoirs en regardant les vitrines ne l'enchantait guère. Il s'engagea dans l'allée du jardin public. Arrivé près d'un bosquet de houx couvert de baies rouges, il s'assit sur un banc. Il n'y avait personne et le silence était à peine troublé par le ronronnement lointain des voitures. Déjà les massifs qui entouraient les pelouses ornées de bordures en fonte en forme d'arc étaient plongés dans l'ombre. Seuls quelques feuillages plus clairs y gagnaient une sorte de luminosité presque phosphorescente. Au fond du parc, on distinguait la silhouette d'une église, une chapelle basse plutôt. Elle était entourée de maisons bourgeoises dont quelques fenêtres éclairées révélaient vaguement des intérieurs cossus entre leurs rideaux. Il se trouvait certainement dans le beau quartier de la ville. Il essayait avec obstination de chasser de son esprit tout ce qui venait de se passer. Il aurait voulu profiter de ce moment de paix dans ce parc solitaire. En vain, des vagues d'images et de phrases lui revenaient. Cela le gênait, dans sa vie très remplie il ne parvenait pas, malgré ses efforts, à se consacrer à l'essentiel. Pourtant il lui restait de solides rochers sur lesquels s'appuyer, Laetitia, La Grézade et son jardin, la musique et les livres, les arbres et les chemins du vaste monde qu'il lui restait à parcourir si Dieu lui prêtait vie. Il allait se saisir de son paquet de Gauloises, mais sa dernière pensée l'arrêta. Aide-toi, le Ciel t'aidera ! Cela tombait à pic, il sourit. Le flux d'images et d'idées recommença. Il se leva. Il était resté à peine cinq minutes dans le parc. Il suivit les allées dont le gravier crissait sous ses pas et sortit en empruntant un petit portillon près de l'abside de l'église. Il fit cent mètres dans une rue aux fenêtres bouchées. Là aussi on allait démolir avant de reconstruire. Au bout de la rue, il déboucha sur une avenue qui descendait légèrement et la reconnut aussitôt. Il décida de suivre l'impulsion qui le conduisit en cinq minutes devant le bureau du *Journal* de La Bastide.

Les feuilles de l'édition du jour pendaient toujours en travers de la vitrine. Vue de la rue, celle-ci paraissait désuète, poussiéreuse, comme abandonnée. Cette impression fut renforcée par le misérable grincement de la porte quand il entra. La pièce lui parut obscure. Elle était vaste cependant et, au fond, il y avait un comptoir qui partageait environ le tiers de sa surface et le séparait du reste de la salle vide en dehors d'une table basse et de deux fauteuils dépareillés. Derrière, dans une zone chichement éclairée par un plafonnier au néon, se tenait une femme. À ses côtés trônait une Remington à échappement dont il avait utilisé longtemps un exemplaire. La secrétaire travaillait, elle, sur un écran de PC. La Remington devait faire partie des meubles depuis si longtemps que personne n'avait eu le cœur de la faire disparaître.

La jeune fille, ordinaire, blonde, lui décocha un sourire engageant tout en levant la tête de son écran. Alors qu'elle enfonçait rapidement quelques touches sur le clavier, il fut certain d'avoir vu les mouvements d'un jeu vidéo avant que n'apparaisse une page de texte.

– Bonjour, Monsieur. Vous tombez bien. Impossible d'aller sur le Net !

– Je ne suis pas compétent dans ce domaine, rétorqua-t-il, interloqué.

– Comment ça ? Vous n'êtes pas le technicien ?

Il sourit.

– Oh non ! Ça, je peux vous l'assurer. La technique et moi...

– Le technicien avait pourtant dit qu'il passerait avant cinq heures.

– Il a encore le temps de venir, fit Maréchal, après un coup d'œil à la pendule digitale posée sur une étagère au-dessus de la secrétaire.

Maréchal se dit qu'elle ne devait pas être d'un grand secours dans l'activité du journal. Elle avait de nombreux dossiers à côté d'elle ou empilés dans un grand classeur à rideau un peu déglingué. Sur la tranche du comptoir, un alignement de cartes postales était punaisé sur lesquelles apparaissait tout un échantillonnage de destinations de rêve aux quatre coins du monde. Elle remarqua l'intérêt de Maréchal pour ces photos et expliqua :

– C'est mon copain Maurice qui me les envoie. Il est dans la Marine.

– Ah bon, fit l'écrivain, il a vu du pays.

– Ne m'en parlez pas ! Il prétend que, plus tard, on voyagera ensemble. Vous cherchez quelqu'un ?

– Oui, je souhaiterais voir M. Delacroix.

– Antoine ?

– Oui, le journaliste.

Elle se saisit de son téléphone et appuya sur un bouton. Une aigre sonnerie retentit à quelques pas.

– Antoine, il y a un monsieur qui désire te voir.

Elle se tourna vers lui.

– Quel est votre nom ?

– Maréchal, Franck Maréchal.

– Vous pouvez y aller, dit-elle après un silence. Passez derrière le comptoir et suivez le couloir. Dernière porte à gauche.

Au même moment, celle de l'entrée grinça et un jeune type entra, une valise noire à la main.

– Ce doit être le technicien, dit Maréchal gentiment.

En longeant les bureaux, il entendit le cliquetis de plusieurs claviers d'ordinateurs. Il s'arrêta devant une porte où une étiquette indiquait « Rédacteur en chef ». Il frappa chez Delacroix. La porte s'ouvrit aussitôt et le visage chafouin d'Antoine Delacroix apparut.

– Entrez donc, monsieur Maréchal.

Ce dernier serra la main tendue et pénétra dans le bureau. La pièce était lumineuse, et une fenêtre donnait sur un jardin à l'arrière du bâtiment. Le bureau était meublé avec goût dans un style moderne. Des étagères chargées de livres couraient sur deux murs. Un ordinateur allumé montrait en fond d'écran de belles photos de mer et de montagne qui changeaient régulièrement. Delacroix l'invita à s'asseoir.

– Ne faites pas attention au désordre qui règne ici. Je n'ai jamais les cinq minutes qui me suffiraient à ranger. Qu'est-ce qui me vaut l'honneur de votre visite ?

– Je voulais vous remercier pour votre article à mon sujet. Et comme je passais devant le journal…

– Vous avez bien fait de venir. Cela me fait plaisir. Je tiens à vous préciser que je suis un lecteur assidu de vos livres.

Sur une étagère, Maréchal en reconnut en effet quatre ou cinq exemplaires. Les titres voisins lui prouvèrent l'éclectisme de Delacroix. Un pareil voisinage était flatteur pour lui.

– Je n'ai pas l'habitude d'aller remercier vos collègues même quand il s'agit de bons articles. Mais dans le cas du vôtre, j'y ai lu la compréhension de sentiments profonds que j'essaie souvent d'exprimer, mais que peu de gens savent lire, ou tout au moins dont peu me font part.

– À mon tour de vous remercier. Votre appréciation de mes quelques lignes me flatte. En tout cas je peux vous assurer que je pense toujours ce que j'écris.

Maréchal n'était pas venu que pour ça et il se demandait comment poursuivre quand il aperçut une manchette rouge étalée sur le bureau du rédacteur en chef :

MEURTRE À LA MÉDIATHÈQUE DE LA BASTIDE.

– Vous êtes déjà au courant ?

– C'est mon métier. Et les nouvelles vont vite. On m'a dit que vous étiez sur place quand c'est arrivé.

– Oui. Et ne comptez pas sur moi pour avoir des informations. Je ne sais rien de plus que ce qu'on a dû vous dire.

– Vous n'avez pas de chance.

– Pourquoi ? demanda Maréchal étonné.

– Vous étiez bien là, aussi, lors du premier crime ?

– Oui. C'est vrai…

– Cela vous arrive souvent.

– Comment le savez-vous ? Auriez-vous *enquêté* sur moi ?

– Nous avons un ami commun : Chasles le rédacteur en chef de la *Bannière*, glissa le journaliste sur le ton de la confidence.

– Jean ?

– Oui. C'est avec lui que j'ai commencé le métier, il y a quinze ans. On s'est revus l'an dernier, à un salon du tourisme à Montpellier. Il connaît mon intérêt pour votre œuvre et il m'a raconté l'affaire du Mas des Peurs[1].

– Et il aurait pu vous en raconter d'autres ! soupira Maréchal. À propos de ces crimes, qu'est-ce que vous en pensez ?

– Je vous avoue que je suis déconcerté.

– Déconcerté ? Expliquez-vous.

– Tout porte à penser qu'il s'agit d'un serial killer

1. Du même auteur : *Le Mas des Peurs*, Albin Michel, 2004.

comme on en voit au cinéma. Parti comme ça, on peut se dire qu'il ne va pas en rester là, non ?

– En effet, c'est à craindre…

– Et pourtant, je n'y crois pas. Ce genre de meurtrier agit comme une machine. Et ici… Il me semble que le tueur a un but à atteindre, et pas la simple satisfaction d'un besoin. Maintenant, je vous le redis, je n'ai aucun motif précis de parler ainsi. Juste une impression.

Maréchal réfléchit. Jusque-là, il n'avait pensé qu'à une folie meurtrière. Le journaliste avait sans doute raison, mais il ne voyait rien qui corroborait son intuition plutôt qu'une autre. Il faudrait creuser, étudier chaque meurtre, les victimes, les circonstances, le lieu, l'heure. Il faudrait le faire, mais ce ne serait pas lui qui s'en chargerait.

– Ça vous intéresse ? demanda-t-il.

– Ma foi, oui. Pas vous ?

– Oui, mais je m'en défends ! J'ai tant à faire…

– Vous croyez que notre adjudant est à la hauteur ?

Maréchal sourit.

– Il est jeune. Et de toute façon, avec ce troisième meurtre, on va lui envoyer du renfort. La police ne va pas laisser cette affaire à la gendarmerie !

– Vous avez raison. Laissons faire les professionnels.

Il se leva.

– Bon, je m'en vais. Je n'étais pas venu pour vous parler de ces crimes !

– Je sais, dit Delacroix et je vous suis reconnaissant de m'avoir fait part de ce que vous pensiez de mon papier.

Maréchal opina de la tête. À cet instant, il aurait

voulu lui demander quels étaient ses rapports avec le berger qu'on avait trouvé pendu, mais cela faisait beaucoup de questions. L'autre s'était levé et l'accompagna alors qu'il quittait le bureau.

– J'espère que nous nous reverrons, affirma Delacroix.

– J'en suis certain. Si jamais vous apprenez quelque chose, dites-le-moi à l'occasion.

– Je vous le promets, j'appellerai chez les Charles.

Comment savait-il où il logeait ? À cela aussi, il devait y avoir une explication simple, bien éloignée de toutes les fadaises qu'à la seconde même, il était en train d'imaginer. Il repassa devant la jeune fille de l'accueil. Le technicien avait éventré son ordinateur et discourait doctement sur le sujet. Elle paraissait avoir oublié son Maurice en compagnie de ce charmant jeune homme. Maréchal plaignit un peu le marin.

La nuit était tombée. Les phares des voitures éclairaient les pavés luisants. Un brouillard fin flottait et mouillait les passants et les véhicules. Il remonta le col de sa veste et quitta le *Journal* de La Bastide dont le nom sur l'enseigne continuait de clignoter – un peu comme un appel au secours, pensa-t-il. Il fallait qu'il chasse toutes ces idées bizarres. Que le journaliste cherche quelque chose ! Grand bien lui fasse. N'était-ce pas son métier ? Tandis que lui... Non. Il se força à penser à Laetitia. Les deux mains dans les poches, il remonta l'avenue en direction de la place principale.

La Volvo était vide. Il regarda les passants qui se pressaient devant les boutiques illuminées en se demandant comment ils allaient prendre demain matin le titre de l'article. Un nouveau meurtre, et dans la ville même cette fois ! Il y avait là de quoi déclencher une panique générale. Un serial killer ailleurs qu'à la télévision ! La pression sur Sébastien Costes allait être maximale. Pourtant, cette petite ville semblait si paisible. En apparence ! Tout était là. Et déjà, Maréchal savait d'expérience ce qui se cache d'habitude sous cette paix de la vie provinciale, quelles turpitudes, quels agissements pouvaient se dissimuler derrière la façade de la respectabilité et de l'ordre public. Il eut froid tout à coup, envie de rentrer. Heureusement, il aperçut le bonnet rouge de Laetitia. Elle et Jeannine riaient comme des gamines. Cela lui fit du bien. Elles portaient toutes deux de grands sacs. C'était rassurant : les choses normales existaient encore malgré la sourde menace de la folie qui couvait quelque part. Sa compagne fut surprise par la chaleur de son accueil, puis elle devina un souci. Il lui sourit pour la rassurer et s'installa à l'arrière de la Volvo, entre les paquets. Elles continuèrent à papoter jusqu'à ce qu'ils soient sortis de la ville. Mais après quelques kilomètres, le ciel noir, l'ambiance sinistre qui régnait sur la campagne, les maisons aux façades fermées d'un village qu'ils traversaient parurent avoir raison de leur entrain et peu à peu le silence s'installa dans la voiture. Machinalement, Jeannine alluma l'autoradio. La pub s'interrompit pour un bulletin d'information et le présentateur annonça la nouvelle du meurtre à la médiathèque. Jeannine eut un haut-le-cœur quand il révéla le nom de la victime et se mit à pleurer. Un coup d'œil de Laetitia dans le rétroviseur lui indiqua qu'elle devait se demander comment il avait su cela avant tout le monde, vu son air préoccupé.

– Vous la connaissiez ? demanda Maréchal.

– Oui, répondit Jeannine en essuyant ses larmes. Michèle est... était un des piliers de notre bande. Elle n'avait pas pu venir l'autre soir à la grange. Je la connais depuis des années. Qui a pu faire ça, Franck ?

– Je l'ignore, répondit Maréchal qui venait tout à coup de réaliser que les trois victimes faisaient partie de l'Association des amis de Jules Valier.

Comment avait-il fait pour ne pas y penser plus tôt ? Mais cela ne réduisait pas d'un poil l'épaisseur du problème. En quoi appartenir à une association comme celle-ci pouvait entraîner un pareil malheur ? Cela n'avait aucun sens !

– Tu préfères que je conduise ? demanda Laetitia à Jeannine.

– Non. Il vaut mieux que je sois occupée.

Ils traversèrent la plaine après La Bastide sous la même désespérante grisaille. De gros nuages qui roulaient, montant de l'ouest, firent penser à Maréchal que sa prévision de neige se réaliserait peut-être avant la nuit. Mais à peine le col de l'Homme franchi, le ciel au-dessus de la montagne apparut d'un bleu limpide sans un nuage. Un soleil bas et légèrement orangé illuminait les étendues couvertes de neige. En admirant le spectacle magique, Maréchal songea que le monde des hommes et celui de la nature étaient séparés par plus que des frontières de civilisation. Un combat du bien et du mal ? Non, il croyait aux hommes, cette dichotomie était trop facile et souvent fausse.

Devant le chalet, une voiture était garée un peu en retrait. La Fiat de Michel. La place du conducteur était inoccupée, mais une jeune femme se tenait à celle du passager. Il ne fut pas étonné de voir la crispation douloureuse de Jeannine tandis qu'elle se gara. Michel était assis sur la terrasse.

Ils descendirent de la voiture. Maréchal et Laetitia s'emparèrent des paquets et se dirigèrent vers la porte de la cuisine après un rapide et distant salut à Michel. Ils entendirent Jeannine lui lancer sur un ton aigre :

– Quand je pense que tu as osé l'amener ici !

– Écoute, on ne va pas commencer. Je suis venu chercher mes affaires.

– Alors, prends tout et file vite !

Dans la cuisine, Laetitia posa les sacs sur la table et s'assit, découragée.

– Il a du culot tout de même. Je savais bien qu'il se passait quelque chose, mais venir avec Nathalie !

– Tu la connais ?

– Comme ci, comme ça... Une fille sans intérêt. Une écervelée. Et en plus elle chante faux !

– Je ne savais pas qu'on pouvait faire partie d'un orchestre si...

– Avant Michel, elle sortait avec le directeur musical.

– Je vois. Mais cette histoire avec Michel, ce n'est peut-être qu'une passade... Il reviendra.

– S'il compte sur ça, il se trompe ! Je peux te l'affirmer, j'ai suffisamment parlé avec Jeannine.

– Ça, tu peux le dire ! s'exclama cette dernière en entrant dans la cuisine, la mine défaite, les yeux rougis.

Elle s'assit à côté de son amie.

– On était si contentes de nos achats.

Le ton était ironique, elle éclata en sanglots. Laetitia la prit par les épaules et entreprit de la consoler. Maréchal s'éclipsa.

Dehors, il retrouva le temps magnifique. Il fouilla dans sa poche et alluma une cigarette. Devant lui, la plaine avait disparu sous une mer de nuages. Il devait faire dessous le même temps exécrable. Il aurait aimé profiter du grand air. C'était difficile avec cette situation impossible au chalet. La jeune femme avait ouvert la vitre et fumait elle aussi. Une musique horripilante venait de l'autoradio. Michel sortit du chalet en portant un gros sac de sport bourré et apparemment très lourd. Arrivé devant Maréchal, il le posa.

– Je suis désolé. Je ne sais quoi dire…

– Eh bien ne dites rien.

– Je voudrais pourtant vous expliquer, Franck, ce n'est pas ce que vous croyez…

– Je ne crois rien. Et de toute façon, cela ne me regarde pas.

– Mais je pense à cette situation absurde où je vous ai mis.

– Oh, vous savez Michel, il y a plus grave que ça…

– Oui, sans doute.

Maréchal se demanda pourquoi il avait dit ça à ce type qui filait avec une donzelle, abandonnant femme et enfants. Mais il ne put s'empêcher d'ajouter :

– On a encore assassiné une amie de votre femme. À La Bastide.

– Non ! Et qui est-ce ?

– Une certaine Michèle Druille. Elle a été poignardée à la médiathèque.

– Je la connaissais. Une chic fille…

– C'est ce qu'a dit Jeannine. Le temps se gâte dans la vallée, ajouta-t-il pour changer de sujet.

– On dirait. Il va peut-être neiger cette nuit.

Heureusement on va juste à un kilomètre de La Bastide. C'est là qu'habite Nathalie.

Michel, encore plus embarrassé, finit par déclarer :

– Bon, j'y vais. Et, Franck…

Maréchal l'arrêta de la main.

– Je vous l'ai dit. Vous n'avez aucune explication à me donner. Méfiez-vous sur la route.

Il fut heureux que Michel Charles ne lui tende pas la main.

– Vous direz au revoir à Laetitia de ma part ?

– Oui, bien sûr.

Maréchal se garda de lui dire qu'il valait mieux qu'il ne la rencontre pas.

Alors qu'il s'en allait vers la voiture, il lui trouva l'air las, le pas traînant dans les débris de neige du sentier. Il ouvrit son coffre, y fourra son sac et après avoir jeté un coup d'œil vers le chalet et Maréchal à qui il adressa un signe de la main, il monta dans l'auto. La voiture disparut dans la descente vers La Bastide. Un peu après, le bruit du moteur s'éteignit lui aussi et le grand silence blanc revint, seulement troublé par quelques croassements de corbeaux dans la direction du col de l'Homme au-dessus duquel ils patrouillaient en nombre, formant un cercle sous les nuages.

Maréchal resta pensif. Il hésita à allumer une autre cigarette, mais se souvint juste à temps de ses résolutions récentes, et sourit. Il n'arrivait pas à être en colère contre Michel Charles. Était-ce de la solidarité masculine ? Non, il le plaignait. Ce gars-là se fourvoyait. Il en avait l'intuition. Et surtout une pensée ne le quittait pas depuis que le mari de Jeannine était allé rejoindre sa dulcinée : elle habitait près de La Bastide. Et elle travaillait dans l'orchestre commun de Laetitia et Michel Charles. Sans doute la connaissait-il depuis longtemps et l'y avait-il fait rentrer. Mais Laetitia avait déclaré qu'avant Michel, elle était avec le directeur musical. Qu'elle soit de La Bastide tenait donc de la coïncidence. Ou pas… Il tapa du pied dans un paquet de neige à l'angle de la terrasse. Il remit dans sa poche le paquet de Gauloises et décida d'aller à pied jusqu'à l'entrée du chemin. Les nuages avaient dépassé le col de l'Homme et venaient maintenant très vite vers eux. Une odeur montait de la vallée. La neige ! Elle tomberait sur le chalet bien avant la nuit.

Il revint sur ses pas. L'obscurité avait commencé à monter jusqu'à eux. Les deux femmes avaient allumé les lampes de la cuisine. Il entendit le bruit d'une voiture qui arrivait sur la route. Julie freina brutalement devant la terrasse et faillit s'encastrer dans l'escalier à un mètre de lui. Il s'était demandé en les entendant arriver si les enfants avaient croisé leur père en bonne compagnie sur la route de La Bastide. À voir leur mine insouciante, cela ne paraissait pas être le cas. Et ça valait mieux pour tout le monde.

Le lendemain, Maréchal s'était levé avec le jour. Dès que le soleil avait basculé au-dessus des lignes de crêtes, il avait vu par son poste d'observation favori, la fenêtre de la cuisine, que l'astre montait dans un ciel pur, très bleu et que sa lumière provoquait des myriades d'étincelles sur la neige fraîche de la nuit. Depuis la cuisine, on voyait que le chemin était recouvert jusqu'à la route. Une demi-heure plus tard, le panache du chasse-neige avait fait entendre le halètement rauque de son moteur. Mais quand, chaudement vêtu, Maréchal était sorti, il avait constaté qu'un silence feutré régnait sur le pays tout entier. En allant chercher une bûche pour la cheminée dans la réserve attenant au chalet, il vit que le tas de bois était mal rangé. Or, il préférait les bûchers bien ordonnés. Il s'y attela donc avec plaisir. Il aimait cette odeur de bois sec, la sensation rugueuse des bûches refendues. Il y trouvait une paix tranquille, celle qu'il constatait souvent quand il se livrait à des travaux qu'il qualifiait de *primitifs*. Il lui semblait alors faire partie d'un ordre ancien, où la place de l'homme se marquait dans ces tâches, et pas dans une course au caractère suicidaire. C'était exactement ce qu'il ressentait lors de ses grandes balades solitaires dans les bois, sur les causses, au fond des vallées oubliées, envahies de ronces et seulement hantées par la sauvagine alors qu'on y retrouvait parfois sous les taillis les restes de murets ou les pans écroulés de vieilles bergeries, de métairies détruites par le temps.

– Alors, vous avez vu, il a amené sa poule !

Il se retourna, c'était Judith. Avec la même flamme sauvage que d'habitude dans ses yeux. Il prit le temps de poser à sa place la bûche qu'il tenait.

– Bonjour, Judith. Que veux-tu que je te dise ?

– Oh rien !

Elle s'était tournée vers la vallée, les poings crispés alors qu'elle martelait de nouveau :

– Rien ! Rien ! Devant ÇA on ne peut RIEN dire, ni faire d'ailleurs. Quelle honte ! Et maman qui a pleuré toute la nuit...

– Comment le sais-tu ?

– Je l'ai entendue. J'entends tout ce qui se passe la nuit dans ce chalet, vous savez ! Tout !

Y avait-il une allusion quelconque à son intention ? Avec des gosses comme Judith, il fallait s'attendre à tout. Elle concéda :

– En fait, ce n'est pas vrai. Je le sais parce qu'elle s'est levée et elle est allée dans la cuisine. J'étais à côté, ma porte était ouverte, j'ai tout entendu. Je ne devrais pas vous dire ça mais elle a même répété plusieurs fois le nom de mon père en pleurant. N'est-ce pas que j'ai raison ? N'est-ce pas que c'est une honte ?

Qu'aurait-il pu répondre à cela ? Elle avait probablement raison. Sentimentalement, bien sûr, il était du côté de Jeannine et des enfants. Mais que savait-il de leur vie ? Pas assez pour juger de la conduite de Michel. Fallait-il le dire à Judith ? Au risque de la décevoir, de lui enlever la possibilité du soutien qu'elle venait chercher auprès de lui ? Il choisit la fuite.

– Tu devrais essayer de penser à autre chose. (Il l'arrêta d'un geste.) Non, ne proteste pas, je sais ce que tu vas dire et tu auras raison. Mais cela ne sert à rien. Ce n'est pas en cognant contre un mur avec la tête qu'on le traverse. C'est en passant au-dessus… ou à côté.

– Facile à dire.

– Oui, c'est vrai, mais tu devrais essayer.

Judith réfléchit. Elle avait sans doute senti toute la compassion et l'amitié de Maréchal.

– Tiens, viens ici, et donne-moi un coup de main. Tout seul, je n'arrive pas à remonter cette grosse bûche.

Pendant qu'elle soulevait l'autre côté du morceau de bois, il vit qu'elle pleurait. Il songea que cela valait mieux pour elle que la révolte.

7

Maréchal coupa le moteur de la Volvo en arrivant sur le terre-plein du col de l'Homme. Il descendit et alluma une cigarette. Il avait évité de fumer depuis le départ du chalet malgré son envie, pour ne pas faire dans cette voiture les mêmes trous d'escarbilles dans les sièges que dans ceux de la 4L. Qu'est-ce qui l'avait décidé à demander brusquement à Jeannine au milieu du repas si elle connaissait un certain Jérémie Perle ?

– Qui ne le connaît pas ? lui avait-elle répondu. C'est un personnage de La Bastide. Il semble très riche, on ne sait pas ce qu'il fait exactement dans la vie à part courir le pays… et séduire les jolies femmes. Il est venu deux ou trois fois aux réunions de l'association. Il m'a paru très cultivé, mais je crois qu'il venait surtout pour les beaux yeux de Marie Péchin. Pourtant, on raconte qu'il est avec Hortense Rives, la fille de… (Elle s'interrompit brusquement réalisant de qui elle parlait et compléta :) C'est affreux.

– Il habite près d'ici, non ?

– Oui, si on veut. C'est sûrement Marie qui vous a dit ça ! Elle ne connaît pas la différence entre le nord et le sud. En fait, le chalet de Perle se trouve au bout de la route qui passe devant chez nous, et cela fait pas mal de chemin. Cette portion n'a pas dû être dégagée par le chasse-neige, trop difficile avec tout ce qui est tombé cette nuit.

– Alors il est bloqué chez lui ? demanda Maréchal.

– Non. Il y a une route plus facile depuis le col de l'Homme, elle descend dans une combe avant de remonter chez Perle. Il faut tourner à gauche au col. Mais… vous n'avez pas l'intention d'aller chez lui ?

– Bien sûr que non ! s'écria Maréchal avec autant de conviction qu'il en était capable.

Son mensonge n'échappa pas à Laetitia dont le coup d'œil était éloquent.

Vers deux heures, après avoir laissé passer suffisamment de temps pour éviter tout rapprochement avec ses questions sur Jérémie Perle, il pria Jeannine de lui prêter la Volvo. Les deux femmes venaient d'annoncer que, cet après-midi, elles ne descendraient pas à La Bastide, se réservant de compléter leurs achats en ville le lendemain. Lorsque Jeannine lui avait tendu les clés, Laetitia avait dit :

– Tu as tort. Il n'a pas l'habitude de conduire de si grosses voitures ! (Il avait craint que cette phrase n'inaugure une diatribe contre sa chère 4L mais elle avait ajouté :) Et Dieu sait sur quels chemins il va aller se perdre !

Quinze heures. Un petit vent venu de la plaine amenait les odeurs de champignons et de sous-bois des forêts basses. Le col lui-même formait une vaste échancrure arrondie au milieu de la crête, comme une immense selle posée sur la montagne et dominée par un ciel bleu très pur.

À cause du vent il faisait froid, il remonta le col de la canadienne et, tout en finissant sa cigarette, il chercha la route dont avait parlé Jeannine. Sans risque d'erreur, elle commençait effectivement à gauche derrière un panneau en bois gravé sur lequel était inscrit : « Combe rousse 6 kms ». Il aima ce nom. Il n'avait pas besoin de plus pour prendre cette direction. Cela lui arrivait souvent dans ses pérégrinations et lui avait toujours réussi.

La petite route, déneigée, serpentait dans la forêt tout en descendant vers le fond de la combe. Le sous-bois était obscur et devait être glacial. Il roula sans difficultés pendant deux ou trois kilomètres, et atteignit un petit pont en pierres qui enjambait un ruisseau. C'était au fond de la vallée et à l'ombre perpétuelle de gros rochers rougeâtres. Une épaisse couche de glace recouvrait le torrent qui continuait à couler en dessous. Le chasse-neige avait tracé de larges sillons sur les plaques de verglas. Le chemin remontait en de larges lacets qui venaient festonner la forêt de bouleaux dénudés et de pins aux branches desquels pendaient d'immenses pelotes de mousse d'Espagne. Les troncs eux-mêmes se dressaient loin vers le ciel qui se découpait entre les rangs de la forêt. Après les lacets, il parvint sur un petit plateau cerné par les bois, mais où il devait faire meilleur. La neige était moins épaisse et il aperçut même entre les rochers quelques touffes d'herbe verte. Cela réchauffait le cœur.

La vallée s'élargissait. Au loin, au milieu d'une plaine, un chalet en bois, doré par le soleil, était flanqué de quatre ou cinq grands sapins qui lui donnaient un air très canadien. Il supposa qu'il s'agissait de Combe rousse. Il s'arrêta sur le bas-côté et s'offrit le luxe d'une nouvelle cigarette, préférant ne pas en comptabiliser le nombre pour la journée.

Il regarda le chalet. Une fine colonne de fumée s'échappait de la cheminée. Maréchal distingua une moto sous un appentis accolé à la construction. Ainsi, c'était bien le chalet de Jérémie Perle, car cet engin, d'après sa couleur, semblait identique à celui qui les avait doublés le soir de la réunion à la grange. Qu'allait-il pouvoir trouver à raconter à ce type ? Tout en descendant vers le chalet, il se méfiait des plaques de glace qui brillaient sur la route. Pourtant, comme il examinait les alentours et constatait qu'on ne voyait aucun signe de vie en dehors des traces de la moto, il eut un moment d'inattention et la voiture partit sur le côté. Il tenta vainement de se rappeler dans quel sens il fallait tourner le volant en cas de dérapage, mais il fit sûrement le contraire, car la Volvo fila à toute vitesse sur le bas-côté et passa presque entièrement au dessus du fossé enneigé sur le bord duquel elle resta comme suspendue, légèrement penchée sur l'avant. Il respira un grand coup. Il crut entendre Laetitia. Elle aurait raison, il s'était conduit comme un imbécile.

Il se résolut à klaxonner. Il était étonné que personne ne se manifeste. On avait bien dû le voir arriver dans tout cet espace dégagé. Il s'extirpa de la voiture en s'agrippant à la vitre arrière qu'il avait ouverte dans ce but. Il se retrouva sur le bas-côté enneigé. Quelqu'un était sorti du chalet. Il fit de grands gestes dans cette direction. L'autre s'avança. Maréchal reconnut Jérémie Perle. Il portait toujours sa veste en peau comme au bistrot, mais il avait troqué sa chemise brodée contre une bien plus chaude, rouge à carreaux et ses jeans étaient maintenant des plus ordinaires.

– Bon sang ! Comment avez-vous fait votre compte ?

Maréchal sourit et tendit sa main.

– C'est exactement la question que je me pose.

– Ce genre de voiture, ce n'est pas bon pour des coins comme ici.

Maréchal faillit lui demander si c'était pour ça qu'il avait une moto. Sa poignée de main était ferme, son visage ouvert. Il poursuivit :

– Il va falloir vous tirer de là. Si on peut...

– Si vous avez un moyen, je suis partant.

L'autre montra le chalet d'un geste du pouce et dit :

– J'ai ce qu'il faut là-bas.

– Avec cette moto ?

– Sûrement pas, mon vieux, répondit Perle en éclatant de rire. Attendez-moi. Je reviens.

Que pouvait-il faire d'autre ? Il résista à l'envie de griller une autre cigarette et regarda de nouveau autour de lui. Il fallait espérer que le type trouve la solution pour le sortir de cette situation absurde. Sinon il allait devoir passer la nuit ici. Il se voyait mal annoncer le désastre à la propriétaire de la Volvo et encore moins à Laetitia.

Perle ouvrit la porte du chalet et cria quelque chose à l'intérieur. Puis il continua et arriva devant une sorte de hangar que Maréchal avait à peine remarqué, caché aux trois quarts qu'il était par la maison. Il fit glisser une porte coulissante en bois qui grinça. Puis il disparut à l'intérieur. Maréchal entendit des bruits de démarreur qu'on actionnait, des pétarades et quelques injures, puis un 4 × 4 noir apparut. C'était exactement le type d'engin qu'il détestait, à cause des dégradations qu'il causait aux chemins de terre, mais il n'était pas fâché de voir ce gros insecte aux vitres aveugles monter vers lui avec un ronflement sourd.

Arrivé à sa hauteur, Perle expliqua :

– Je vais me mettre derrière vous et là je vous tirerai avec le treuil. Il faudra que vous criiez fort quand le filin sera tendu. Après je mettrai la gomme.

– O.K.

– Ah j'oubliais, ne restez pas près du câble quand je commencerai à tirer. Il peut arriver qu'il claque.

Maréchal n'avait pas besoin d'explications supplémentaires, un câble qui lâche, c'est aussi dangereux qu'une guillotine. L'autre manœuvra comme il l'avait annoncé et se plaça derrière la Volvo. Puis il sauta à terre, laissant ronfler le moteur. Il manipula le treuil fixé à l'avant du 4 × 4 et, déroulant le filin, il le passa sous les attaches de remorquage de la Volvo. Puis il remonta dans sa cabine et, faisant signe à Maréchal, il commença à enrouler le câble. Quand celui-ci fut tendu, l'écrivain leva le bras vigoureusement en criant :

– Ça y est !

Puis, prudemment, il sauta sur le côté. Le moteur du treuil hurla quand la tension fut maximale et la Volvo trembla. Il restait à croiser les doigts, ce que fit Maréchal. Il y eut un gros raclement alors que le châssis de la Suédoise glissait sur le bas-côté. Maréchal frémit en pensant aux dégâts, mais bientôt la voiture tout entière se retrouva sur la route. Perle descendit et décrocha le filin.

– Ça s'est passé mieux que prévu, affirma-t-il. La dernière fois que j'ai fait ça, j'ai arraché tout le dessous du hayon. Ce treuil est trop puissant. Vous avez entendu le bruit ?

Oui, il avait entendu ! Et il frémit de nouveau. Mais déjà l'autre lui lançait :

– Après l'effort, le réconfort. Roulez jusque là-bas et venez prendre un verre au chalet.

Il aurait été malvenu de refuser l'invitation et Maréchal fit redémarrer la voiture avant d'aller se ranger à l'entrée du chemin qui menait à la maison. Il vit que Perle avait remisé le 4 × 4 dans son hangar et refermait la porte. Lui-même descendit et vint jusque devant le chalet où l'autre le rejoignit.

– Juste un moment, car si vous voulez rentrer avant ça au chalet des Charles, il ne vous faudra pas perdre de temps, ajouta-t-il en désignant de gros nuages noirâtres qui, comme la veille, s'étaient accumulés au-dessus du col de l'Homme.

Ainsi il savait qu'il était l'hôte des Charles. Comment ? Dans un pays pareil, chacun devait être au courant des faits et gestes des autres, et il avait très bien pu l'apercevoir chez Jeannine en passant sur la route. Peut-être aussi l'avait-il déjà reconnu quand il était allé dans ce bistrot tenu par les gens du Causse Méjean ? Dans ce cas, il avait pu remarquer aussi l'intérêt que Maréchal lui portait.

En pénétrant dans le chalet, Maréchal reçut au visage une bouffée de chaleur. Le feu qui brûlait dans la cheminée était sans rapport avec la fine fumée qu'il avait vue sortir en arrivant.

– Angela ! cria Perle, je ne suis pas seul !

Il y avait devant la cheminée un immense canapé couvert d'un tas de couvertures de laine. De ce paquet informe, une jeune femme jaillit à moitié nue et s'échappa vers l'escalier qui menait à une sorte de rochelle. Il avait eu le temps de reconnaître la fille qui était avec Perle au café.

– Toutes les mêmes, commenta ce dernier sur un ton désabusé.

Maréchal s'abstint de tout commentaire. Son hôte tenta de mettre un peu d'ordre dans les couvertures du canapé, puis finalement abandonna et montra un fauteuil élimé.

– Asseyez-vous là. Vous avez vu ce désordre.

Maréchal grommela indistinctement.

– Whisky ? Cognac ? Vodka ?

– Cognac, très peu. Je vais conduire après...

L'autre le regarda avec incompréhension. Il sortit d'un de ces bars en forme de tonneau que Maréchal détestait presque autant que ceux en forme de mappemonde, les champions du mauvais goût, une bouteille de cognac, une autre de whisky et deux verres dont il vérifia sommairement la propreté. Il servit Maréchal qui l'arrêta d'un geste.

– Merci. Il y en a déjà trop pour moi.

Perle remplit copieusement son verre et très vite, après l'avoir levé amicalement, en descendit la moitié d'un trait.

– En tout cas, je vous remercie. Sans vous et votre

treuil, je serais dans un drôle de pétrin à l'heure qu'il est.

– Le problème c'est que le coin est peu fréquenté. En dehors de moi, il n'y pas grand monde à passer par ici. Mes plus proches voisins sont les Charles.

Maréchal se demanda s'il allait l'interroger sur eux. Il n'en fit rien et cria :

– Angela ! Ferme la fenêtre ! Ça fait un courant d'air du diable ici ! avant de répéter : Toutes les mêmes.

Maréchal était venu pour en savoir un peu plus sur Perle. C'était le moment.

– Vous vivez ici toute l'année ?

– Oui, bien sûr. Où voudriez-vous que j'aille ? Un type comme moi n'est bien que sur les grands chemins. Et j'aime ce pays.

– Il n'y a pas beaucoup d'activité dans le coin, remarqua Maréchal.

– Bien assez pour moi. Je traficote un peu dans l'immobilier. Vous savez, les vieilles fermes, les bergeries. Tout ça est à la mode. Les gens de la ville veulent se *ressourcer*. Pas par ici, trop rude, trop loin de tout, mais plus près de La Bastide. Je sers d'intermédiaire, et après je m'occupe des travaux de rénovation. Je connais un tas de monde.

Maréchal avait déjà rencontré ce genre de type. Parfois, ça finissait mal. Perle avait apparemment plutôt bien réussi, à voir son magnifique chalet, son 4 × 4 ou sa moto. Quelque chose intriguait Maréchal depuis qu'il était entré dans la pièce. Sur un des murs, juste à côté d'une reproduction d'un tableau de Max Ernst, il y avait une bibliothèque vitrée, remplie de volumes. Elle n'avait rien à voir avec les bibliothèques alibi culturel qu'on voit d'habitude chez les gens.

– Vous avez une belle bibliothèque.

Perle le fixa avec intérêt.

– Vous aimez les livres ?

Maréchal faillit répondre « C'est ma vie ! ».

– Oui, fit-il simplement.

Il suivit Perle qui s'était levé et, s'approchant du meuble, l'ouvrit.

– En dehors de ces quelques livres d'art, il s'agit de bouquins sur l'astronomie, l'astrophysique. C'est ma passion. J'ai un télescope dans le hangar. Il y a un autre avantage à vivre ici : c'est la pureté du ciel. Je fais pas mal de photos d'étoiles aussi.

Il montra un coin bureau où était installé un ordinateur avec un grand écran et sur une étagère une série d'appareils photo. Tout autour de l'écran étaient punaisés sur le mur des agrandissements de nébuleuses et de galaxies. Les images étaient superbes. Voyant que Maréchal les observait, Perle commenta :

– J'en ai des tas dans ces dossiers. Revenez me voir un jour où vous aurez le temps, je vous les montrerai.

Au même moment on entendit un cliquetis de verre. La nommée Angela s'était rhabillée et se servait un verre de cognac. Il remarqua que Perle lui jeta un regard peu amène. Il ne devait pas être très commode de vivre avec lui.

Après s'être intéressé à quelques ouvrages qui semblaient tenir particulièrement à cœur à leur propriétaire, il déclara après un coup d'œil à sa montre :

– Il va falloir que je m'en aille.

– C'est vrai. Avec ce temps menaçant, ce sera plus

prudent. Maintenant, si vous voulez rester, je vous invite. On vous trouvera bien une place pour la nuit.

– Non merci. On m'attend.

– Dommage ! Pour une fois que j'avais quelqu'un qui s'intéresse à mes lubies.

– Angela, mais vous la connaissez déjà sous toutes les coutures… Angela, je te présente monsieur… ?

– Maréchal. Mon nom est Maréchal.

– Ça me dit quelque chose, murmura Perle pour lui.

– J'y vais. Au revoir mademoiselle.

Elle lui répondit par un sourire et vida son verre.

Tout en le raccompagnant vers la Volvo, Perle renouvela son invitation.

– Revenez me voir. Pour les photos d'étoiles…

La grosse barre noire de nuages s'était encore avancée au-dessus du col de l'Homme. Le vent soufflait aussi plus fort.

Maréchal tendit la main à Perle.

– Je vous promets de venir si je peux. Je choisirai un jour meilleur et je ferai attention au verglas.

– Ne tardez pas en chemin ! Ne comptez plus sur moi pour vous tirer d'un mauvais pas, je ne sors pas d'ici avant demain, dit-il d'un ton de franche camaraderie.

Maréchal aimait bien ce type.

– Merci encore, dit-il en remontant dans la Volvo.

– Allez doucement dans la portion qui remonte au col. C'est la partie la plus verglacée à cause de l'ombre. Après, vous pourrez rouler.

Maréchal démarra et fit un geste d'adieu à Perle. Il vit la silhouette se découper longtemps au fond de la plaine alors qu'il remontait prudemment vers les amas noirâtres accumulés au-dessus du col. Dans le rétroviseur, le chalet et son environnement composaient un paysage de rêve. Il repensa au Canada qui l'obsédait depuis longtemps. Peut-être n'était-il pas nécessaire d'aller si loin pour trouver son paradis. Il sourit. Ce n'était pas la première fois qu'il pensait cela, mais les rêves ont la peau dure.

Il remonta bientôt les lacets vers le col et perdit de vue le chalet. Il songea aux deux êtres vivant entre ces murs. Le paysage idyllique ne suffisait certainement pas, à preuve les verres de cognac et de whisky ! Il fallait bien plus pour remplir une vie. Pourtant, cette autre chose existait dans celle de Perle et c'était sa passion pour les étoiles. Alors ? Il chassa ces pensées. Ces réflexions ne menaient à rien. Bientôt il partirait d'ici et sans doute n'aurait-il jamais l'occasion de revenir voir ce type si ambigu. Des gens intéressants, il en avait connu des tas, et les avait perdus de vue le plus souvent. C'était cela qu'on appelait la vie, ce courant qui vous entraîne jour après jour. Parfois, on arrive à se poser et à contempler le fil de l'eau, mais cela ne dure pas, et on repart, abandonnant les autres sur les rives.

À la réflexion, il n'en savait pas plus en ce qui concernait les crimes. Par exemple, quelles étaient ses relations avec Hortense Rives. Mais il n'avait parlé de rien. Qu'aurait-il appris ? Rien non plus sans doute. En fait, il devait se convaincre avant tout d'une vérité cent fois ressassée : cela ne le concernait pas ! Finalement, à cette heure, alors qu'il pénétrait sous les sapins où il faisait déjà noir, il se dit qu'il importait peu qu'il apprenne ceci ou cela sur l'amateur d'étoiles et les autres. C'était le boulot de Sébastien Costes ou du policier qu'on avait dû lui mettre entre les pattes. Maréchal allait revenir au chalet et passer la soirée tranquillement avec Laetitia et leurs amis. Demain, il rentrerait à La Grézade.

Revenir au chalet ? Il fallait déjà y parvenir ! Avec un peu de malchance, il risquait de se retrouver bientôt en pleine tempête de neige. Pour chasser son pessimisme, il tourna machinalement le bouton de l'autoradio. Le crépitement lui rappela celui de la 4L, sur lequel Laetitia avait cessé depuis longtemps d'ironiser. Malgré les nuages, la montée vers le col était d'une beauté extraordinaire. La forêt moutonnait sous la neige accumulée sur les branches ployées des sapins qui ressemblaient à des arbres de Noël. Toute cette blancheur contrastait avec l'obscurité qui avait envahi les sous-bois.

Il approchait du col et le vent soufflait fort. Il retrouva le carrefour où il avait emprunté la route vers Combe rousse. Il refit une halte comme à l'aller. Les mains dans les poches, il arpenta un moment l'esplanade. Ce n'était pas raisonnable, il aurait mieux valu rentrer sans tarder, mais la sauvagerie de ce coin, le feulement du vent dans la forêt et cette odeur de neige qu'il affectionnait montant de la vallée, tout cela lui plaisait. Au moment de remonter en voiture, il vit apparaître sur la route deux lueurs de phares. Dix secondes plus tard, il reconnaissait la camionnette des gendarmes avec au volant l'adjoint de Costes. Le véhicule se gara à deux mètres de lui et Costes descendit, l'air ahuri.

– Bon sang, Maréchal ! Que fabriquez-vous ici avec un temps pareil ? Vous êtes en panne ?

– Non, je faisais juste une pause avant de rentrer. Je suis allé me balader.

– Vous venez de Combe rousse ?

– Oui, répondit l'écrivain étourdiment.

– Ça ne m'étonne pas.

– Pourquoi donc ? interrogea Maréchal interloqué.

– Périer me l'avait dit, affirma Costes avec assurance.

« Ça recommence », pensa Maréchal.

– Et vous venez de chez Jérémie Perle, bien entendu.

– Bien entendu…, commença l'écrivain entraîné par le ton convaincu du gendarme. Mais bon sang, Costes, qu'est-ce que vous me faites dire ?

– Périer m'avait bien dit que quand vous *étiez sur une affaire*, vous découvriez aussitôt un tas de choses.

– Mais je ne suis sur aucune affaire. C'est vous, la gendarmerie, qui êtes sur des affaires, pas moi !

– Bien sûr, bien sûr. Il y a trois jours vous me parlez de Jérémie Perle, et maintenant vous allez chez lui.

– Et alors ? J'ai eu un petit accident et ce gars m'a tiré d'affaire avec le treuil de son camion. C'est là que j'ai appris qui c'était.

– Bien sûr, bien sûr…, marmonna Costes.

– Qu'est-ce qu'il y a d'extraordinaire à tout ça ? demanda encore Maréchal.

– Nous allons de ce pas chercher Jérémie Perle, pour le ramener à La Bastide et très probablement l'inculper de meurtre.

– C'est lui qui a tué les jeunes femmes ?

– Les trois femmes, je ne sais pas, mais il y a des chances que ce soit lui l'assassin du berger.

– Le berger ? Celui que nous sommes allés dépendre là-haut ?

– Oui, on a eu les résultats du labo. Ils ont mis le paquet. Le gars était déjà mort quand on l'a pendu. Traumatisme crânien, objet contondant, etc.

– Que vient faire Perle là-dedans ? demanda Maréchal qui pensait à la photo d'Andromède.

– Quelqu'un l'a vu monter à la bergerie. Et on a retrouvé un papier caché dans un mur de la bâtisse. Une reconnaissance de dettes au nom de Perle.

– Le berger lui avait prêté de l'argent ?

– En tout cas c'était lui qui avait le papier.

– Tout ça ne fait pas un coupable, remarqua Maréchal.

– Certes non, mais l'autre a l'air sûr de lui.

– L'autre ? Quel autre ?

– Le type de la PJ qu'on nous a envoyé de Montpellier. Ah tiens j'y pense, il vous connaît.

Maréchal frissonna. Ce n'était pas le froid.

– Il s'appelle comment ?

– Marcel Dubosc. Inspecteur Marcel Dubosc.

Maréchal faillit jurer.

– Dubosc est nommé sur les meurtres de ces pauvres femmes. Paraît que ça relève plus de la police que de nous ! Le problème, c'est que le labo a envoyé les conclusions concernant le berger à votre ami.

– Ce n'est pas mon ami ! tempêta Maréchal.

– Tant mieux, fit Costes. Faites attention en rentrant chez vous, le temps est vilain.

– Et vous ?

– Oh nous, c'est service commandé, le devoir, tout ça...

Il y avait de l'ironie et un peu d'amertume dans son ton alors qu'en parlant il regardait le ciel de plus en plus menaçant au-dessus de Combe rousse.

Il allait remonter dans la camionnette quand il interpella Maréchal :

– Ah, j'oubliais, il faudrait que vous passiez demain à la gendarmerie, pour votre déposition. Maintenant que Dubosc est là, il me faut tous les papiers en règle.

Maréchal, accablé, répondit avec une grimace :

– Je passerai, c'est promis.

Sébastien Costes se hissa dans la voiture tandis que Thierry redémarrait. Maréchal remonta dans la Volvo. La camionnette bleue disparut brusquement, comme avalée par la pente.

Tout en roulant vers le chalet sous un ciel de plus en plus menaçant, il se rendit compte que son départ prochain devrait être remis. Il aurait déjà dû aller à La Bastide pour sa déposition, mais Costes tenait compte de ses relations passées avec ses anciens supérieurs et ne lui en avait plus parlé. Avec Dubosc dans le jeu, il allait devoir de nouveau suivre au pied de la lettre le fichu règlement ! Dubosc ! Il ne manquait plus que lui pour compléter le tableau ! Comme s'il n'y en avait pas assez avec ces crimes successifs, lui au milieu, et en prime le départ de Michel du foyer conjugal ! Il avait espéré, le soir de la conférence, qu'il allait profiter de ces quelques jours au milieu des pins de la montagne. Il était servi.

Les gendarmes allaient arrêter Perle. Apparemment ce gars s'était fourré dans un guêpier. Perle en assassin de berger ? Il essaya de faire abstraction de la sympathie qu'il avait éprouvée, mais non, décidément, il n'y parvenait pas. Il poussa le raisonnement plus loin : le voyait-il mieux dans la peau de l'assassin des trois femmes ? Là, il hésitait davantage. Jérémie Perle faisait à son avis partie de cette catégorie spéciale de séducteurs misogynes. Son comportement vis-à-vis de la jeune Angela ne le montrait pas sous un bon jour. Mais après tout, Maréchal avait connu bien des types qui se comportaient ainsi avec les femmes uniquement pour faire les malins, alors que dans l'intimité ils filaient doux devant elles. Il songea aux trois victimes. Il n'en avait connu qu'une seule vivante : Martine Mestre. Correspondaient-elles au type de femmes qu'on se serait attendu à être convoitées par des types comme Perle ? Certainement pas Martine Mestre. Gentille, mais pas spécialement séduisante. Ni Michèle Druille qu'il avait vue baignant dans son sang et qui lui avait paru ordinaire.

Restait Hortense Rives. Lorsqu'ils l'avaient trouvée dans la neige près de la grange elle avait une certaine beauté. Et d'ailleurs ne lui avait-on pas dit qu'elle était la maîtresse attitrée de Perle ? Ce dernier l'avait bien vite remplacée par Angela. Ou alors cela avait commencé bien avant. Il restait à Maréchal à répondre à sa question : Jérémie Perle avait-il le profil d'un assassin ? Il dut admettre que non.

En garant la voiture devant la chalet, il songea qu'il avait eu de la chance. Sans Perle, il serait encore à Combe rousse à patauger dans la neige pour essayer de remettre son véhicule sur la route. Il essaya de ne pas imaginer les commentaires de Laetitia qui au même instant le saluait de la main depuis la terrasse. Emmitouflée jusqu'aux oreilles et allongée sur un transat, elle profitait des derniers rayons de soleil avant que la grande couverture de nuages noirs qui occupaient les trois quarts du ciel ne vienne jusque-là. Quand il descendit pour ouvrir la porte du garage, il aperçut Judith sur une petite esplanade aménagée à côté pour étendre le linge. De là, on avait un superbe point de vue sur un autre coin de la vallée. La jeune fille avait l'air renfrogné qui lui était devenu habituel. Elle avait entendu arriver Maréchal, mais il fut convaincu qu'elle ignorait volontairement sa présence. Peut-être lui en voulait-elle. De quoi, il aurait été bien en peine de le dire. Et il se méfiait de son propre jugement, ayant trop tendance parfois à mal interpréter les conduites des autres.

Quand il arriva sur la terrasse, après qu'il eut embrassé Laetitia, celle-ci lui dit aussitôt :

– Il y a un type qui a téléphoné pour te parler.

Maréchal devina la suite.

– Il a dit qu'il s'appelle Dubosc et qu'il est de la police. Tu le connais ?

– Oui, hélas, et toi aussi. Tu ne te souviens pas ? L'inspecteur qui en avait après ton père et moi, surtout moi d'ailleurs[1].

– Ah ce c...

– Chut ! fit Maréchal en souriant et en posant le doigt sur les lèvres de Laetitia. Pas de gros mots dans la bouche d'une jolie femme. Remarque, c'était le qualificatif qui convient.

– Il m'a donné un numéro de téléphone, il a dit

1. Du même auteur : *Hurlebois,* Albin Michel, 1999.

qu'il fallait que tu le rappelles. Il a insisté, je comprends pourquoi maintenant…

Maréchal prit une figure de martyre.

– Je vais le faire tout de suite, après ça je voudrais me reposer un peu.

– Ta promenade s'est bien passée ? Pas d'ennui ? La Volvo semble intacte…

– Mauvaise langue ! Bien sûr que tout s'est bien passé.

Elle leva le sourcil, elle le connaissait bien. Il s'esquiva. Elle lança, alors qu'il entrait :

– Son numéro est sur le calepin près du téléphone.

L'intérieur du chalet était silencieux. Dans la lumière blonde qui filtrait des fenêtres, il découvrit le numéro de Dubosc et posa la main sur le combiné. Mais pourquoi obéir aux ordres de ce type ? Il avait eu suffisamment d'occasions de le juger. Il n'y avait rien à en attendre. Rien de bon en tout cas. Ce n'était pas parce que Dubosc… Mais il ne fallait pas oublier que Sébastien Costes allait en subir les conséquences. L'inspecteur était capable de l'envoyer quérir Maréchal *aux fins d'interrogatoire.* Et l'adjudant ne pourrait pas faire autrement. Maréchal ne risquait rien, quoique avec Dubosc et sa vieille rancune que les années n'avaient pas dû arranger… Costes avait bien dit : « L'inspecteur Dubosc ». Déjà, à l'époque où ils s'étaient rencontrés, il rêvait de devenir commissaire[1]. La sagesse lui conseillait de l'appeler. Une autre pensée arrêta Maréchal. Mais pourquoi toujours suivre le fil commun ? Il aurait fallu s'en échapper, laisser tout

1. Du même auteur : *Hurlebois*, Albin Michel, 1999.

tomber, attendre qu'on vous convoque officiellement, ne plus participer à ce jeu d'ensemble dans lequel chacun avait sa petite place et où les pions s'avançaient pour ainsi dire tout seuls. Non, il n'aurait pas fallu composer ce numéro ni parler à cet imbécile, mais profiter de la lumière blonde de cette pièce, respirer l'odeur de résine qui par moments se dégageait des murs. Ou alors ressortir, aller s'asseoir auprès de Laetitia, lui parler de Schumann ou de Bach. Ou rejoindre Judith, regarder avec elle la beauté du monde, lui dire que la vie était belle et que tout finirait par s'arranger.

Il aurait fallu. Il décrocha le combiné et composa le numéro de Dubosc. Une sonnerie aigrelette se fit entendre après quelques craquements.

– Auberge de La Bastide, j'écoute.

Il reconnut la voix de la patronne.

– Je voudrais parler à l'inspecteur Dubosc.

– Je vous le passe.

Il entendit qu'elle lui parlait mais peut-être imagina-t-il le sourire satisfait de Dubosc. Sa voix n'avait pas changé quand il glapit littéralement :

– Ah c'est vous Maréchal. Il était temps !

– Je viens d'avoir votre message à l'instant. Qu'est-ce que vous me voulez ?

– Ben vous ne manquez pas d'estomac ! Il y a quatre meurtres en trois jours, chaque fois vous êtes sur place ou quasiment, et vous me demandez ce que je veux !

– Il y a trois ou quatre mille habitants à La Bastide et eux aussi se trouvaient là au moment des faits. Réfléchissez à ça, Dubosc.

Il faillit ajouter : Si vous en êtes capable, et se retint en pensant à Costes.

– Parlons plutôt de vous. C'est quand même curieux qu'à chaque fois que vous allez quelque part, les gens se fassent tuer !

À quoi bon répondre à de pareilles inepties, pensa Maréchal ? Le bonhomme ne s'était pas amélioré, loin de là. Le contraire, d'ailleurs, aurait été surprenant. Maréchal était le premier étonné de la survenue de tous ces crimes sur son passage. Il avait décidé, depuis la dernière affaire, qu'il devait y avoir une explication à ce genre d'événements, une sorte de loi des séries qui finirait bien par s'interrompre un jour.

– Qu'est-ce que vous me voulez ? redemanda patiemment Maréchal.

– Primo, que vous soyez dès neuf heures à la gendarmerie demain matin pour qu'on prenne votre déposition. Secundo, que vous me disiez tout ce que vous avez appris depuis que vous fouinez partout autour de ces crimes.

– Qu'est-ce qui vous autorise à dire que je fouine ?

– Par exemple ce que vient de me dire au radiotéléphone l'adjudant Costes qui se trouve chez Jérémie Perle en montagne où ils sont bloqués par la neige. Et Costes m'a dit qu'il vous avait trouvé au col et qu'il vous avait parlé de votre déposition. (Dubosc martelait ce dernier mot.) Écoutez-moi, Maréchal ! Vous n'allez pas me faire avaler que vous étiez passé par hasard chez un type que les gendarmes viennent justement d'arrêter pour meurtre !

Il y avait peu de chances pour que Costes ait dit à l'inspecteur que Maréchal était allé chez Perle.

– Comment savez-vous que je suis allé chez Perle ?

– Oh, avec vous ce n'est pas difficile, vous êtes toujours où il ne faut pas.

Maréchal en avait assez, il dit d'un ton las :

– Je viendrai demain matin...

– Je vous le conseille vivement ! hurla Dubosc à l'autre bout du fil comme pour abolir la distance, puis il raccrocha.

Maréchal reposa le combiné, fatigué. Il regarda de nouveau la lumière blonde et s'approcha d'une fenêtre. Il voyait le coin du garage. Judith était toujours là, appuyée au mur, le regard perdu vers les lointains. Il avait déjà oublié Dubosc.

8

Maréchal, qui avait été réveillé au cours de la nuit par plusieurs cauchemars dans lesquels Dubosc était le personnage principal, se leva et jeta un coup d'œil par la fenêtre de la cuisine. Le thermomètre extérieur marquait – 5°. Ce froid expliquait l'absence de neige nouvelle et promettait du sport pour descendre à La Bastide. Il avait si peu envie d'y aller qu'il traîna. Jeannine et Laetitia, qui n'était pas une lève-tôt, arrivèrent alors qu'il avait à peine commencé à déjeuner. Pendant que Jeannine faisait griller du pain, Laetitia s'approcha de lui et lui ébouriffa les cheveux.

– Tu n'as pas bien dormi cette nuit. Tu n'as pas arrêté de te retourner. Ça va ce matin ?

– Mais oui, fit-il.

– Tu n'es pas malade ?

Il sourit. Il ne détestait pas qu'elle se comporte en mère poule, mais cela le gênait toujours. Il affirma solennellement :

– Je jure que je vais bien. D'ailleurs il faut que je sois à La Bastide à neuf heures.

Jeannine posa les toasts sur une assiette et fit négligemment :

– C'est vrai que quand ça arrive à Michel, généralement il couve quelque chose.

Puis réalisant ce qu'elle venait de dire, elle éclata en sanglots. Elle alla appuyer son front sur la vitre. Laetitia s'approcha et la consola. Jeannine finit par retrouver un pauvre sourire en disant :

– Je n'arrive pas à m'y faire.

Maréchal détourna la conversation.

– Cette nuit, entre mes insomnies, je m'interrogeais sur Jules Valier.

Il ignora le sourire de Laetitia et le « Ça c'est bien de toi... » qu'elle prononça à mi-voix et continua :

– Je connais tous ses livres, sa vie littéraire dans le moindre détail, je sais même qu'il a vécu toute sa vie ici, dans ce pays, que sa maison s'appelait « La Restanque ». Mais je ne sais même pas où c'est.

– Maison, maison ! s'exclama Jeannine, c'est vite dit. En fait il s'agit d'un château. La Restanque est un grand domaine. Le château donc, gothique XIXe, trente hectares de bois et le double en champs donnés en fermage.

Maréchal siffla.

– Un écrivain riche comme ça ? Je n'y crois pas !

– Moi non plus, dit Jeannine. En fait tout ça venait de madame Valier, née comtesse de Baroul. Un grand nom. Vous connaissez ?

– Moi, les grandes familles..., avoua Maréchal. Mais alors les descendants de Valier sont des gens riches. Et ses droits d'auteur, même s'ils ne sont plus ce qu'ils étaient, ça doit représenter pas mal ! (Il hésita.) Mais il me semble qu'il n'avait pas d'enfant.

– Il a eu une fille qui est morte jeune.

– Et qui profite des droits d'auteur ?

– Pendant un an encore une fondation pour la recherche médicale.

– Un an ? Et ensuite ?

Jeannine sourit.

– C'est là que ça se complique. Il y a, semble-t-il, un testament assez spécial chez le notaire de La Bastide.

– Comment savez-vous ça ? demanda Maréchal intrigué. Ça ne vous concerne pas.

– Moi non, mais si, dans un an, il n'y a pas de nouvel héritier connu de Valier, le domaine entier va à notre association ou à défaut, si par exemple elle est dissoute, à l'ensemble de ses membres fondateurs.

Maréchal était stupéfait.

– Tout à fait une idée d'écrivain ! s'exclama-t-il.

– Ce serait bien que tu puisses avoir des idées comme ça, Franck !

– Il y a peu de chances, fit Maréchal en esquivant la tape de Laetitia. Mais vous ne m'avez pas répondu, Jeannine, comment le savez-vous ? Je pensais que les testaments, surtout chez les notaires…

– En fait, je dois avouer qu'il s'agit d'une indiscrétion. J'ai appris ça grâce à Angela Delbreil qui est clerc chez maître Leroux.

– Et cette Angela fait partie de votre association ? demanda Maréchal frappé par le prénom qu'il venait d'entendre.

Celle qu'il connaissait ne lui paraissait pas correspondre à la fonction, mais on ne pouvait jurer de rien.

– Non, pas du tout. Mais c'est la sœur de notre trésorier, Paul Marsac. Vous vous souvenez de lui ?

Oui, Maréchal avait gardé le souvenir d'un grand jeune homme au regard doux qui lui avait laissé entendre après la conférence qu'il écrivait en secret. Il voyait aussi difficilement la jeune Angela qu'il avait vue filer presque nue par l'escalier chez Perle en sœur de Marsac qu'en clerc de notaire. Ce devait être une homonyme même si une petite voix lui soufflait le contraire.

– Donc, de toute façon, à moins qu'un hypothétique héritier ne surgisse, vous serez gagnants. Je veux dire l'association.

– C'est bien possible. Remarquez, cela ne m'enchante guère, car alors il va falloir gérer tout ça. Et puis c'est hors de proportion avec notre association ! Nous ne représentons rien.

– Pas aux yeux de Valier, apparemment.

– Imaginez-vous ! C'est sa femme qui a calculé tout ça. Nous, Valier, on l'a à peine connu. C'était elle qui avait la haute main sur ses affaires, et elle a toujours pensé que nous servirions la gloire posthume de son mari. De toute façon, j'ai déjà ma petite idée : passer tout ça aux Affaires culturelles du département. Ils en feront ce qu'ils voudront.

Maréchal appréciait plus encore Jeannine pour cette réflexion. Combien d'autres auraient tiré des plans sur un tel pactole. Il était facile de se servir d'une pareille abondance de moyens à son propre avantage. Qu'elle s'en moquât plaidait une fois de plus en sa faveur. Michel Charles était un imbécile !

– Bon, c'est pas tout, il faut que je sois à neuf heures à la gendarmerie. Qu'est-ce que vous faites ce matin ?

– Jeannine veut tout mettre en ordre et il est question de s'attaquer aux chambres des enfants ! s'exclama Laetitia. Mais on pourrait descendre vers midi et se retrouver pour déjeuner.

– Ça, s'écria Jeannine, c'est une excellente idée !

– Et Franck va nous payer le restaurant ! N'est-ce pas Franck ?

– Si tu me le demandes aussi gentiment, comment refuser ? répondit-il en souriant. Même si je ne suis pas Jules Valier, je crois que je peux faire ça. À condition bien entendu que vous soyez raisonnables toutes les deux !

– File avant que ça se gâte !

– Comment fera-t-on pour la voiture ?

– Prenez celle de Julie.

– On pourrait amener Romain et Judith, suggéra Laetitia. Franck n'en est pas à deux repas près.

– Non bien sûr, admit Maréchal.

– C'est gentil de votre part, mais ça m'étonnerait qu'ils acceptent de descendre en ville avec des vieillards comme nous ! On peut quand même essayer de le proposer.

– Bon, par où on commence ? demanda Laetitia tout en finissant de déjeuner.

Maréchal se leva. La lumière blonde de la veille avait cédé la place à une atmosphère un peu froide et triste. Le soleil ne taperait sur les baies vitrées du salon que dans une heure, mais cette ambiance un peu secrète du petit jour lui plaisait. Tout en se dirigeant vers la salle de bains, il entendit Jeannine et Laetitia s'amuser comme des folles. Une musique épouvantable s'échappait de la chambre de Judith. À travers celle de Romain, on entendait une fusillade terrible de jeu vidéo. Il était rassurant de penser qu'ici au moins tout était en ordre.

En passant devant les fenêtres du chalet, il crut apercevoir le visage triste de Judith derrière une vitre. Il lui fit au hasard un signe amical. Il était passé trop vite pour voir si elle lui répondait.

Il fut bientôt sur la route. Elle brillait et il se demanda si c'était le soleil sur la neige fondue ou un peu de verglas. Il opta pour la deuxième solution et s'en alla à toute petite allure. Le soleil était moins franc que les jours précédents et le vent secouait les sapins alors qu'il entamait la descente vers La Bastide.

Ne se sentant pas tenu aux mêmes précautions que dans l'intérieur impeccable de la Volvo, il alluma une Gauloise. Il traversa la forêt de sapins et se souvint du soir où il était venu ici pour la première fois. On venait de trouver cette pauvre Hortense Rives étendue dans la neige. Bien des évènements s'étaient produits depuis. Il essaya en vain de les récapituler dans l'ordre, occupé à surveiller la route dans les virages plutôt secs de la descente où le bitume avait des reflets inquiétants. Il songea aussi à ce qu'avait raconté Jeannine un peu plus tôt. Une drôle d'histoire. Il atteignit La Bastide vers neuf heures moins le quart, et se gara sur le parking de la gendarmerie. La place était déserte. Le bâtiment était flambant neuf. Il sonna, suivant les indications, on lui répondit dans l'interphone et quand il eut décliné son identité et annoncé qu'il avait rendez-vous, une gâche électrique se déclencha et la porte s'entrouvrit. Dans le hall d'entrée, un gendarme encore plus jeune que Costes l'accueillit et lui désigna une minuscule salle d'attente. À peine assis depuis une minute, il entendit des éclats de voix. Comme prévu la figure peu amène de Dubosc s'encadra bientôt dans la porte.

– Ah, vous voilà, vous !

– Bonjour, dit l'écrivain en insistant. Vous allez bien ?

– Ne commencez pas Maréchal, glapit Dubosc dont le visage se teintait de rouge. Vous vous êtes encore mis dans un sale pétrin !

– Ah bon ? Qu'est-ce que j'ai fait ?

Marcel Dubosc n'avait guère changé depuis leur dernière entrevue[1]. Au son de sa voix et à ses paroles on comprenait aussitôt qu'il ne s'était pas amélioré. Avec son imperméable mastic et son petit chapeau, il ressemblait de plus en plus à l'inspecteur Dupuy, l'adjoint de Bourrel dans *Les Cinq Dernières Minutes*, la gentillesse en moins. Il prit un air entendu.

– Vous allez devoir expliquer ce que vous êtes allé faire chez ce Jérémie Perle juste avant les gendarmes. Ce n'est jamais bon, vous savez, d'avoir des contacts avec les assassins.

– Perle est un assassin ? J'avais compris qu'il était suspect.

1. Du même auteur : *Les Cendres de juin*, Albin Michel, 2002.

– Suspect, coupable, ça se ressemble ! En plus cela ne vous regarde pas !

– Je vous ferai remarquer, Dubosc, que c'est vous qui m'en avez parlé.

– Ne m'appelez pas Dubosc ! Je vous l'ai déjà dit.

– Vous m'appelez bien Maréchal. Et comment dois-je vous nommer alors ? Inspecteur ? Commissaire ? Ah, c'est vrai, vous n'avez pas encore décroché le titre ! Dépêchez-vous…

Dubosc fit visiblement un gros effort sur lui-même, il était maintenant cramoisi de colère. Maréchal se régalait. Sébastien Costes apparut dans l'encadrement de la porte, l'air à cran. Il jeta à l'inspecteur un regard peu courtois. Il avança vers Maréchal et lui serra la main.

– Bonjour, vous allez bien ?

Maréchal sourit :

– Bonjour, bien oui. Enfin… Et vous ?

– Pareil.

Dubosc se renfrogna davantage avant d'aboyer :

– Et cette déposition, c'est pour quand ?

– On va aller dans mon bureau, Maréchal, déclara Costes calmement. On sera plus tranquille. On n'en aura pas pour longtemps.

– Ça, c'est vous qui le dites, lança le policier, l'air de plus en plus remonté. Je viens avec vous !

– Vous croyez que c'est nécessaire ? demanda l'adjudant.

– Vous rigolez, Costes ? Dois-je vous rappeler…

– Inutile ! fit le gendarme en précédant Maréchal.

Décidément, le jeune Costes avait rapidement jaugé la situation. Son bureau était très clair. Une grande fenêtre donnait sur un petit parc fermé par un mur au-dessus duquel on voyait un vaste panorama de montagnes couvertes de neige. Le ciel était dégagé. Un ordre méticuleux régnait sur le bureau de l'adjudant. Il invita Maréchal à s'asseoir avant de s'installer lui-même sur son fauteuil. Il restait un siège encombré de dossiers. Dubosc les montra au gendarme :

– Vous pouvez débarrasser ça ?

– Ah oui, je manque de place dans l'armoire. Mais ne vous gênez pas, vous pouvez les poser par terre.

L'inspecteur posa rageusement la pile sur le sol, puis s'installa les bras croisés. Costes avait glissé deux feuilles et du papier carbone dans une vénérable Olivetti. Maréchal remarqua :

– Vous n'avez pas d'ordinateur ?

– Ça viendra un jour ou l'autre. Mais le budget n'est pas encore débloqué. Déjà bien beau qu'on ait le vieux portable pour l'extérieur. Ça m'arrangerait bien, vous savez. Bon, on y va ?

– Quand vous voulez, dit Maréchal très détendu.

Il répondit sans difficulté à toutes les questions de Costes. De temps en temps, un mouvement ou un grognement lui indiquait les sentiments de l'inspecteur, qui l'attendait au virage. Les faits et gestes de l'écrivain depuis son arrivée à La Bastide n'avaient rien de mystérieux. Mais deux points étaient litigieux. Le premier : qu'il se soit rendu sur les lieux du meurtre de Martine Mestre et qu'il ait découvert les traces de l'assassin. Il nota le fair-play de Costes qui tut cet épisode. Le deuxième : sa visite au chalet de Perle.

– À propos, Maréchal, nous avons arrêté Jérémie Perle.

– Ah bon ?

– Oui, pour le meurtre du berger. Vous vous souvenez ?

– Bien sûr qu'il s'en souvient ! lança Dubosc avec amertume. Il est toujours au courant de tout.

– Un écrivain sait bien des choses, s'amusa Costes. Sérieusement, Perle ne donne pas d'explication au fait qu'on l'a vu se rendre à la bergerie la veille du meurtre d'Antoine Lirac, en dehors d'une vague histoire de promenade dans le secteur. Il n'a pas d'alibi. Et il admet que la reconnaissance de dettes est bien de sa main, mais nie toute implication.

– Comme tous les assassins ! lança Dubosc.

– Et tous les innocents ! remarqua Maréchal.

– Il n'y a guère d'innocents ! martela le policier.

– C'est un point de vue, dit froidement Maréchal.

– Tenez, reprit Dubosc, vous allez peut-être pouvoir m'expliquer ce que vous foutiez au chalet de ce type dans l'après-midi d'hier.

Maréchal se dit qu'il aurait sans doute mieux valu mentir en racontant qu'il s'était baladé dans le secteur, avait eu un accident et rencontré Perle, ce qui correspondait à peu près aux deux tiers de la vérité. Mais Costes fronça les sourcils et le regarda avec insistance avant de baisser les yeux vers le clavier de l'Olivetti. Il comprit. Pas de fausse déclaration dans sa déposition officielle.

– Je me suis intéressé à ces affaires de meurtre, et j'avais l'intention de fouiller un peu du côté de ceux qui pouvaient y être mêlés. Perle, je l'avais croisé en moto le soir de ma conférence, juste avant le meurtre d'Hortense Rives.

Devait-il parler de l'accusation d'Eulalie Rives contre

Perle, et l'enfoncer ? Maréchal n'en avait aucune envie. Il n'était pas obligé de faire preuve d'un excès de zèle. Dubosc se leva.

– Je vous retrouve bien là, Maréchal ! Toujours à fouiller dans la... (Il se retint et s'approcha de l'écrivain.) C'est tout de même incroyable. À chaque fois, vous vous mêlez de ce qui ne vous regarde pas ! Vous mettez des bâtons dans les roues des pros !

Maréchal aurait pu lui rappeler toutes les affaires où c'était lui qui avait trouvé et permis aux pros, justement, de tirer leur épingle du jeu et à Dubosc le premier. Mais cela ne servirait à rien. Costes vint à son secours.

– Calmez-vous, inspecteur, dit-il en souriant alors que Dubosc le fusillait du regard. Et reprenons le fil de la déposition. Ainsi, comme vous vous intéressiez à ces histoires auxquelles le hasard vous avait mêlé, vous vous êtes rendu le 26 décembre à Combe rousse pour voir ce qu'il en était de Jérémie Perle que vous aviez croisé en moto le soir du meurtre d'Hortense Rives, sa maîtresse.

Tout en tapant soigneusement sur le clavier, Costes remballa l'inspecteur qui venait de crier :

– Vous croisez un type en moto – sans doute un assassin – et vous allez chez lui, qu'est-ce que vous essayez...

– Inspecteur, je vous en prie, laissez-moi travailler, sinon je vais y passer une heure. Et Maréchal a autre chose à faire dans l'existence que de la passer dans une gendarmerie !

Accablé, le policier s'assit brutalement sur sa chaise en écartant les bras en signe d'impuissance.

Un quart d'heure plus tard, Maréchal serrait la main de Costes. Dubosc ne pouvait pas grand-chose contre l'adjudant dans son propre fief, mais, à la moindre erreur, l'inspecteur ne le manquerait pas. Au moment de quitter le bureau, Maréchal lui fit un signe de la tête et dit sur un ton neutre :

– Bonne journée, Dubosc.

L'autre fixa sans répondre un point lointain des montagnes qui étincelaient encore plus à l'horizon, alors que le soleil qui était monté dorait les toits de La Bastide et chassait les ombres du jardin derrière la gendarmerie. En compagnie de Costes, Maréchal traversa l'entrée, salua en passant le jeune homme qui l'avait accueilli et serra la main de l'adjudant qui déclara, le sourire aux lèvres :

– Si des détails vous reviennent, Maréchal, n'oubliez pas de m'appeler.

– Je n'y manquerai pas ! fit vivement l'écrivain, souriant lui aussi.

– Y compris sur votre visite à la supérette des Rives.

Maréchal admira le travail souterrain des gendarmes. Décidément ce jeune homme lui plaisait. Il n'était pas fâché de se retrouver à l'air libre, et surtout loin de la présence de Dubosc et de sa bêtise. Il n'avait pas eu de chance, il avait sur le dos, une nouvelle fois, le flic le plus stupide et le plus rancunier du pays. Dubosc était un caractériel, et l'écrivain n'était sûrement pas le seul à subir ses sarcasmes et ses persécutions. Après ce qui s'était passé, Costes aurait du fil à retordre avec lui.

Il était plus de dix heures et Maréchal devait trouver à s'occuper jusqu'au rendez-vous fixé sur la place centrale de La Bastide à onze heures. Il dut se contraindre pour ne pas essayer de revoir Antoine Delacroix ou tenter une nouvelle descente chez Eulalie Rives, certainement satisfaite par l'arrestation de Perle, sa clientèle regorgeant d'informateurs !

Les mains dans les poches, il décida d'aller flâner dans les rues commerçantes et contempler les vitrines, découvrant avec étonnement jusqu'où l'imagination pouvait pousser ses contemporains sur la voie de l'inutile.

Après quelques minutes de marche dans l'avenue, il s'enfonça dans un passage. Dès qu'il y pénétra, l'ambiance devint plus étouffée, une sorte de calme provincial y régnait, une atmosphère un peu désuète où les rares chalands avaient l'air d'avancer avec précaution. Il passa devant deux boutiques de lingerie, un chausseur et un magasin de philatélie, avant de découvrir un bouquiniste dont la vitrine, arrangée avec soin, lui parut pleine d'intérêt. Il eut la curiosité d'y entrer. Le propriétaire des lieux se tenait au fond d'un long couloir sur les murs duquel des étagères supportaient des quantités de livres de qualité, tant par les éditions proposées que par la littérature qui était offerte. Le bouquiniste fumait tranquillement une pipe de tabac hollandais tout en lisant avec application une édition ancienne à la couverture en veau marron. Maréchal explora la caverne d'Ali Baba. Autrefois, il aurait sûrement dépensé son argent, amateur comme il était d'éditions originales, d'exemplaires illustrés et de reliures. Aujourd'hui, sa passion de la bibliophilie était moins vive ; dans les bois ou sur les landes mouillées, sur les chemins ou au cœur des forêts, il avait trouvé d'autres joies, aperçu d'autres perspectives. Il le regrettait parfois comme à ce moment, alors que lui revenait par bouffées cet ancien goût rien qu'à sentir l'odeur du papier dans les livres qu'il ouvrait, à toucher les peaux des reliures, à chercher les grands papiers ou les exemplaires numérotés de telle ou telle édition. Il y avait longtemps qu'il n'était entré dans un tel lieu. Au fond de la librairie, une porte donnait sur un petit salon où l'on pouvait s'asseoir. Un très vieil homme penché en avant était assis devant une table sur laquelle des fascicules étaient posés. Approchant ses lunettes aux verres épais, il déchiffrait patiemment ligne après ligne. Maréchal avait l'impression de le connaître tant il avait rencontré de ses semblables dans d'autres librairies anciennes. Cette passion leur faisait oublier des vies souvent médiocres pour, portés par les grands auteurs et aiguillonnés par la rareté des éditions, transformer en quête du Graal la recherche de tel ou tel in-quarto manquant, ou d'une édition introuvable.

Tout en continuant, Maréchal se demandait s'il avait bien fait de venir à cause des souvenirs que cela avait remués en lui. Il ressentait aussi de la gêne à quitter cette boutique sans rien acheter. Mais que diable acquérir ici ? Il était arrivé devant le rayon d'histoire locale et allait se décider pour une de ces minces brochures touristiques qu'on retrouve dans ces endroits, parfois collectionnées par quelque spécialiste d'une ville ou d'une région. Mais un titre attira son attention. Il s'empara du livre, un exemplaire relié toile. Il le feuilleta. Puis très rapidement, il alla vers le maître des lieux et posa le livre sur le comptoir.

– Bonjour, monsieur, fit-il alors que le bouquiniste levait lentement les yeux du texte qu'il lisait et lui déclarait avec une voix d'une extrême douceur en souriant :

– Excusez-moi, j'étais perdu au milieu du Pacifique.

Maréchal vit qu'il s'agissait des *Trois voyages du Capitaine Cook*. Il remarqua :

– C'est la bonne édition. Vous avez les planches ?

– Oui, dit l'autre sans autre commentaire.

Il n'y en avait pas besoin entre eux.

Maréchal paya son achat que le bouquiniste enveloppa dans une poche en papier marron en lui rendant la monnaie. Comme il sortait lentement de la librairie, il se retourna. Les deux hommes avaient repris leur lecture et ne s'occupaient plus de lui. En refermant la porte, il eut une ou deux secondes la tentation de les envier. Mais des oiseaux chantaient dans un jardin public proche et il se dit que ces deux-là manquaient cela aussi. Il revint sur ses pas, retraversant le passage. La boutique de philatélie était poussiéreuse, les sous-vêtements en vitrine de celle de lingerie paraissaient terriblement datés. Quant au chausseur, il vendait des souliers orthopédiques et de vieux modèles que personne ne portait plus. S'isoler du monde menait aussi à rester sur place. Il ne fallait pas que cela dure. Il fut heureux de retrouver l'agitation vaine de l'avenue et se délecta des rires de trois jeunes filles qui passaient.

Il rejoignit Laetitia et Jeannine sur la place comme convenu. Seul Romain les avait accompagnées. Julie révisait et Judith avait refusé de venir sans donner d'explication. Ils étaient en avance pour aller au restaurant et il accepta de les suivre dans plusieurs magasins pour habiller Romain. Le garçon avait l'air d'accepter cette corvée avec la gentillesse qui lui était coutumière. Maréchal comprit peu à peu qu'il avait réussi à convaincre sa mère de lui offrir un jeu vidéo en contrepartie de sa bonne volonté. À midi, ils se rendirent à un restaurant que connaissait Jeannine. Sur la place, Maréchal remarqua que le rideau en fer de la supérette Rives était baissé. Normalement, elle restait ouverte jusqu'à treize heures. Il se força à ne pas y penser. Ils entrèrent dans le restaurant. Il était classique, « déplorable » comme le qualifia Romain, qui, aussitôt assis, se plongea dans la notice de son jeu.

Au milieu du repas, Maréchal se dit que le moment était venu d'annoncer ses intentions.

– Jeannine, il va falloir que je rentre chez moi.

Elle eut l'air un peu paniqué à l'idée de se retrouver seule.

– Si vous voulez, et si elle est d'accord, Laetitia pourrait rester avec vous, poursuivit-il. Je dois travailler.

L'alibi était destiné à Jeannine. Laetitia dit à son amie :

– Si tu veux, je reste jusqu'à samedi. Ensuite je dois rentrer, nous avons un concert dimanche.

Les yeux de Jeannine s'embuèrent. Michel jouerait dans l'orchestre, ce soir-là.

– Je comprends, Franck. Je vous remercie d'être déjà resté plus longtemps que prévu. Et toi, Laetitia, c'est un plaisir que tu restes, merci à toi aussi.

– On ne va pas se congratuler éternellement ! Si on commandait plutôt le dessert ? Et ne regardez pas les prix, c'est Franck qui régale !

Au moment du café, Maréchal profita de l'absence de Laetitia partie se refaire une beauté, et de Romain qui voulait se dégourdir les jambes, pour parler à son amie d'un sujet qui le préoccupait.

– Je ne veux pas vous apporter des tracas supplémentaires, mais je trouve Judith bien renfermée depuis quelques jours.

– Moi aussi. Elle vit mal le départ de son père.

– Sans doute, mais à son âge, ce n'est pas bon, surtout quand on se souvient du caractère qu'elle avait !

– C'est vrai qu'elle a beaucoup changé. Alors vous ne pensez pas que notre séparation soit la seule raison ?

– Je ne sais pas. Et je peux me tromper. Il n'y a que vous qui pouvez essayer de lui parler.

– Je le ferai. Merci, Franck, pour votre soutien. Ce n'est pas facile.

Il fit un signe de tête et se garda de lui infliger les habituelles paroles lénifiantes et inutiles.

Au moment où Maréchal allait réclamer l'addition, une jeune femme entra. Elle était superbe et très élégante dans un ensemble noir. Elle se dirigea vers une table où se trouvait un couple beaucoup plus âgé qu'elle, et fit un signe amical à Jeannine, qui annonça à Maréchal et Laetitia :

– Voici Angela Delbreil. La clerc de notaire.

Il nota qu'elle l'avait reconnu. Sans Jeannine, il se demanda si lui-même aurait retrouvé dans cette femme élégante celle qu'il avait vue au bistrot, puis dans le chalet de Jérémie Perle. Cette fille devait avoir un sacré caractère, car en dehors d'un léger trouble dans le regard, elle fit comme s'il n'en était rien et alla s'asseoir à la table où on l'attendait.

Maréchal paya l'addition, puis ils s'en allèrent. Jeannine avait proposé d'aller visiter le château de Jules Valier. Seul Romain rechignait à cette idée, ils le laissèrent à La Bastide où ils le reprendraient vers seize heures.

9

Ils firent environ dix kilomètres avant d'atteindre un hameau de quatre maisons dont un panneau bleu indiquait le nom : « La Restanque ». Juste après la dernière bâtisse à côté de laquelle se trouvait un atelier de ferronnerie où l'on apercevait des lueurs d'arc électrique par la porte grande ouverte, commençaient les grilles du domaine. Elles suivaient la route longuement avant de tourner et de se perdre vers des bois de chênes. Un portail très ouvragé donnait une impression de noblesse. Il était ouvert et la Volvo emprunta une allée de graviers qui traversait d'immenses pelouses. Jeannine gara la voiture au pied d'une terrasse aux balustres en pierre et déclara avec une légère emphase et un geste circulaire de la main :

– Je vous présente La Restanque !

Maréchal siffla entre ses dents.

– N'est-ce pas que c'est beau ? rajouta Jeannine en souriant.

Le château et les alentours étaient d'une incroyable majesté. La lumière enjolivait la magnifique façade aux fenêtres entourées de pierre de taille, et le toit très pentu d'ardoises fines avec sa tour. On pouvait facilement deviner le penchant gothique de ses bâtisseurs. Tout ici était parfaitement entretenu, et déjà les massifs avaient été élagués et bêchés. De la terrasse partaient d'autres allées qui sinuaient vers ce que Maréchal imagina être une roseraie de chaque côté de laquelle se dressaient deux pins aux troncs rouges. Le château présentait une longue façade sur trois étages. Les fenêtres et les volets semblaient en excellent état. De grandes baies vitrées de petits carreaux au rez-de-chaussée encadraient une lourde porte d'entrée, elle aussi vitrée, vers laquelle Jeannine Charles les entraîna.

– Franck, voilà tout à fait le genre de bâtiment que je souhaiterais habiter, déclara Laetitia avec le plus grand sérieux.

– Je vais étudier la question, mais je te rappelle que c'est de la famille de sa femme que Jules Valier tenait tout ça.

– Je crains fort que ce soit trop tard du côté de la mienne, admit la jeune femme en souriant.

– Je vous propose maintenant d'admirer l'intérieur, proposa Jeannine Charles.

Ils entrèrent dans un immense hall carrelé, au sol en damier, au fond duquel un escalier en marbre garni d'une splendide rampe forgée montait vers les étages. Sur le côté droit, une vitrine présentait quelques œuvres de Valier. Il y avait beaucoup de vides et Jeannine expliqua que les exemplaires manquants avaient été prêtés à la médiathèque de La Bastide jusqu'au printemps pour y être exposés. Maréchal imagina que les visites du château s'interrompaient pendant l'hiver. Des portes de chêne occupaient les murs, de part et d'autre de l'escalier. Sur l'une d'elles un panonceau indiquait qu'il s'agissait de la bibliothèque, sur l'autre, le secrétariat. Le château paraissait désert. Maréchal en fit la remarque.

– C'est presque vrai, répondit Jeannine Charles en désignant la bibliothèque.

Elle frappa à la porte et ouvrit. Lionel Mestre travaillait à un bureau installé au milieu de cette vaste pièce remplie de livres. Il se leva et vint vers eux.

– Bonjour, dit-il avec cordialité en serrant la main de Maréchal, de Laetitia, puis il embrassa Jeannine.

– Ça va ?

– Un peu mieux..., fit-il.

– J'ai appris pour votre femme. Je suis vraiment désolé, dit Maréchal.

– Merci. C'est vraiment dur... Ce qui est terrible, c'est de ne pas savoir pourquoi Martine est morte. C'est tellement absurde ! J'espère que les gendarmes trouveront qui a fait ça.

Il soupira profondément puis se tourna vers Jeannine.

– Ça va, toi ?

Elle fit un vague signe.

– Comme ci comme ça. Ton travail avance ?

– Comme ci comme ça, fit-il en souriant.

– Lionel prépare une thèse de doctorat sur *notre héros*, expliqua-t-elle.

Maréchal se demanda chez qui il avait déjà entendu cette expression. Marie Péchin ?

– C'est intéressant, se crut-il obligé de dire.

– Certes, fit Lionel Mestre. Mais c'est aussi un peu compliqué. Vous savez mieux que moi comme il est difficile de comprendre les grands écrivains.

Son bouc était taillé encore plus impeccablement que le soir de la conférence. Il y avait une rectitude certaine chez cet homme.

– Quel sera le titre de votre thèse ?

– « Les mots de la mort dans l'œuvre de Jules Valier ».

Maréchal siffla légèrement entre ses dents.

– En effet, fit-il.

Il était atterré. Encore un qui va se faire plaisir ! « Les mots de la mort chez Valier » ! Cela ne tient pas debout : Valier, c'est le bonheur. C'est même ce qui m'a toujours plu chez lui, pensa-t-il. Mais ce n'était pas la première fois qu'il tombait sur des gens qui couraient après de telles chimères.

– Vous êtes bien installé ici pour travailler, ajouta-t-il pour changer de sujet.

– Oui ! s'exclama Mestre. C'est un vrai plaisir.

Maréchal fut tenté de lui demander si c'était lui qui se disputait l'autre jour à la médiathèque avec Marie Péchin. Ou en tout cas pour quelle raison elle transportait la liste de ses titres universitaires.

– J'ai à ma disposition tous les dossiers de Valier. Toute sa correspondance, jusqu'à ses factures de fournisseurs. Et aussi quelques-uns de ses écrits de jeunesse.

Maréchal détestait cet étalage de la vie des *grands hommes,* la mise à nu de leurs faiblesses, tout ce qui n'avait rien à voir avec les livres ne concernait que la vie privée.

– On va te laisser travailler, Lionel. Je vais faire visiter La Restanque à nos amis.

En passant, elle désigna l'affichette du secrétariat.

– Marie Péchin vient une ou deux fois par semaine

répondre au courrier et classer les documents concernant Valier qui parviennent ici.

Que ce monde était petit ! Lionel Mestre dans la bibliothèque, Marie Péchin dans la pièce à côté. Et comment oublier, le soir de la conférence, l'intérêt marqué du premier pour la seconde ? Comment oublier son impression à la médiathèque ? Et le dossier auquel il venait de penser deux minutes plus tôt ?

Ils entrèrent dans le secrétariat. La pièce était aussi vaste que la bibliothèque, mais seulement meublée d'un grand bureau et de quelques classeurs métalliques remplis de dossiers. Une pile de courrier était posée sur le bureau. Marie Péchin semblait avoir négligé sa tâche ces derniers temps. Jeannine leur fit ensuite emprunter un couloir dont les fenêtres donnaient à l'arrière du bâtiment sur un magnifique parc aux arbres majestueux plantés sur des pelouses descendant en pente douce vers une rivière dont une ligne de peupliers marquait les rives. Plus loin s'étendait un paysage de collines et de forêts qui faisait irrésistiblement penser à un tableau de Nicolas Poussin. Maréchal reconnut les décors des romans de Valier qui l'avaient autrefois enchanté. Que ce soit dans les salons d'apparat aux grandes baies vitrées ou dans les chambres romantiques du premier étage, dans le vaste grenier ou encore dans le potager à l'ancienne.

Alors qu'ils traversaient la roseraie aux allées impeccables où chaque rosier avait son étiquette, il lui vint un sentiment étrange, une sorte de malaise. Il lui fallut un moment pour en déterminer l'origine alors que Jeannine continuait ses explications et que Laetitia paraissait subjuguée par la majesté de l'ensemble.

Tout était trop riche, trop beau. Et il s'installait un hiatus entre ce qu'il avait aimé dans les romans du grand écrivain et ce qu'il voyait et qui, au fond, avait engendré ses sentiments, ses émotions. Maréchal ne croyait plus qu'à la simplicité, et ici elle était difficile à repérer. Ce splendide décor ne disait qu'une seule chose : « Regardez-moi ! » Lui venait une certaine désillusion, ou, s'il était honnête, une véritable déception. Il ne lirait plus jamais les textes de Jules Valier de la même manière. Il se consola en remarquant une petite touffe de fleurs bleues dans un mur du grand bassin qui, au sortir de la roseraie, servait de miroir au ciel limpide qui surplombait à cette heure La Restanque.

Comme Jeannine leur proposait d'aller prendre un café à la bibliothèque, Maréchal rappela que l'heure avait tourné et que Romain risquait d'attendre. Laetitia, qui avait compris qu'il avait surtout envie de s'en aller, abonda dans ce sens. Jeannine les laissa un moment devant la maison et alla dire quelques mots à Lionel Mestre au sujet d'un problème concernant l'association. Quand ils furent seuls, Laetitia remarqua :

– La fin de la visite n'a pas eu l'air de t'emballer.

Il sourit.

– Tu ne trouves pas que c'est trop beau ici ?

Elle éclata de rire et posa la main sur son bras.

– Je n'aurais jamais osé dire ça ! Jules Valier pour toi…

– Je sais, fit Maréchal avec un air désolé. Tout a une fin.

Elle serra son bras. Elle le sentait malgré tout un peu attristé par sa découverte.

Jeannine revint presque aussitôt.

– Je me demande où est passé Lionel.

Puis elle haussa les épaules et se dirigea vers la Volvo. Maréchal aurait pu répondre à sa question. Il venait de voir une ombre se profiler derrière une vitre à une des fenêtres du premier étage. Il s'agissait du barbu, il en était sûr. Quelque chose l'intriguait chez cet homme. L'ombre disparut. À cet instant, la beauté de La Restanque lui sauta encore une fois aux yeux ; débarrassée en quelque sorte de son admiration pour Valier elle n'en était que plus somptueuse.

Il avait craint en montant dans la voiture que la conversation ne roule que sur le grand écrivain, mais Laetitia aiguilla vite les propos sur les emplettes qu'il leur restait à faire.

Ils retrouvèrent Romain à l'endroit convenu. Puis Jeannine et Laetitia annoncèrent qu'elles devaient se rendre dans une boutique retirer un vêtement. Maréchal les accompagna.

Le rideau de la supérette d'Eulalie Rives était toujours baissé. C'était intrigant. Il s'efforça de ne pas trop échafauder d'hypothèses sur cette absence prolongée. En passant devant le bistrot des Causses, il aurait bien voulu jeter un coup d'œil à l'intérieur pour voir qui s'y trouvait. Il y avait peu de chances que Dubosc ait relâché aussi vite son emprise sur Jérémie Perle. Mais peut-être la belle Angela hantait-elle les lieux dans sa tenue si différente de celle qu'elle arborait dans le travail. Cependant il n'avait aucun motif d'entraîner celles qui l'accompagnaient dans cet endroit étrange en dehors du monde. Il attendit dans la rue en compagnie de Romain que les deux femmes aient récupéré leurs achats. Il tenta en vain d'engager un dialogue avec le jeune homme, mais il était maladroit dans cet exercice.

Au moment où les deux femmes les rejoignaient, il vit arriver sur le trottoir, avec des allures de vaisseau amiral, une grande femme d'un certain âge. Elle était vêtue avec recherche et mauvais goût, et elle était couverte de bijoux, des vrais. Elle avançait comme si le trottoir lui appartenait et se précipita vers eux.

– Jeannine ! Ma chérie ! Heureusement que vous voilà !

Maréchal reconnut Yolande Delmas, venue à la réunion de la grange au volant de sa Mini Cooper. Il s'attendait au pire.

– Bonjour, Yolande. Vous avez déjà rencontré Franck Mar…

– Mais oui, mais oui. Vous connaissez la nouvelle ?

– Quelle nouvelle ?

– Mais ma petite, enfin, vous devriez être au courant !

– De quoi ?

– Mais enfin, Marie Péchin a disparu !

Jeannine Charles blêmit. Elle balbutia :

– Non, pas Marie, pas elle maintenant.

L'autre, imperturbable, et avec l'air satisfait de celle qui en sait plus, renchérit :

– Mais si, ma chère, c'est comme je vous dis.

– Comment l'avez-vous appris ?

– Par cette fille de la médiathèque, cette archiviste qui travaillait avec Marie Péchin, je ne sais plus comment elle s'appelle…

– Florence Dupuy.

– Oui c'est ça. Mais à l'heure qu'il est, tout La Bastide est au courant.

En regardant les passants vaquer à leurs occupations, Maréchal se dit qu'il y avait de sa part un peu d'exagération. Elle devait parler de ceux qui comptaient pour elle en ville, auxquels elle avait dû déjà se dépêcher de claironner la nouvelle. Comme pour lui donner raison, elle ajouta :

– J'ai téléphoné à mes amis.

Accablée, Jeannine ne releva pas cette phrase. Une infinie tristesse se lisait dans son regard.

– La police est au courant ? demanda-t-elle.

– Sûrement ! La petite a dû appeler quand elle a reçu la lettre.

– La lettre, quelle lettre ? demanda Maréchal.

– La lettre des ravisseurs, voyons, monsieur Marchal !

– Maréchal, corrigea Laetitia.

Yolande Delmas la toisa, son regard se fit venimeux. Maréchal revint à la charge :

– Cette lettre, vous l'avez vue ?

– Non, pas encore… Mais ça ne tardera pas, il ne manquerait plus que cette gamine me cache quelque chose à moi !

Il crut qu'elle allait dire qu'elle la payait. Ce qui était évidement faux, c'était Raoul Delacroix qui finançait cette partie de la culture à La Bastide. Yolande Delmas n'était que le mécène de l'association. Y avait-il un lien entre les deux bienfaiteurs ? Maréchal se dit que ce serait intéressant… Il s'arrêta. Que s'était-il donc juré ? Et en plus Marie Péchin avait maintenant disparu.

– Alors cette lettre ?

– J'imagine qu'elle écrivait qu'elle avait été enlevée et qu'elle serait relâchée contre une rançon, il doit aussi être question d'un chiffre mais je ne sais plus combien.

Elle devait croire qu'on allait lui demander de payer. Il essaya d'en savoir plus, mais l'autre lançait des assertions fumeuses, revenait aussitôt sur ses affirmations. Elle fabulait entièrement ! Elle parut quand même suivre le fil d'une pensée en demandant :

– Qui va payer ?

Pour Maréchal, la question était : pour quelle raison aurait-on enlevé Marie Péchin ? Il n'en voyait aucune. Était-ce pour faire diversion, braquer l'attention sur autre chose que ce qu'on aurait voulu cacher ? Mais rien ne tenait et il avait surtout l'impression depuis le début d'une mauvaise farce. Et si cette femme était une mythomane ? Cela arrangerait tout. Il se doutait pourtant que ce n'était pas la bonne solution. Il lui tardait maintenant de s'en aller. Il fut aidé par le désir qu'avait Yolande Delmas de prévenir d'autres connaissances. Elle le dit, cita des noms et conclut :

– Quelle histoire ! Au revoir Jeannine. Je vous tiendrai au courant. Au revoir monsieur Marchal.

Elle partit toutes voiles au vent sans un mot ni un regard pour Laetitia.

– Croyez-vous que je doive aller à la médiathèque maintenant ? demanda alors Jeannine.

Maréchal imaginait que devant une telle histoire il y avait des chances que Dubosc soit en train de cuisiner méchamment la petite Florence Dupuy. Il n'avait aucune envie de le voir et voulait surtout rentrer au chalet. Il répondit avec gentillesse :

– Je sais que Marie Péchin est votre amie, mais je ne crois pas que ce soit le moment d'y aller. Si on a besoin de vous, on vous le demandera.

Il était sûr des réactions de Dubosc, surtout quand il apprendrait, s'il ne le savait pas déjà, que Maréchal était avec la jeune femme le jour de l'assassinat de Michèle Druille. Il fut soulagé d'entendre son amie renoncer à son projet et déclarer :

– Allez, on rentre à la maison.

Maréchal fit tout ce qu'il put, et Laetitia l'y aida, pour changer l'ambiance pesante du chalet. Ils parvinrent à redonner le sourire à Jeannine. Leurs efforts eurent aussi des effets sur Judith qui perdit bientôt son regard buté et consentit à participer avec sa sœur et son frère à une partie de cartes avec Laetitia. Jeannine avait entrepris de repriser de vieux pantalons qui lui servaient quand elle se lançait dans l'entretien du chalet. Ils avaient allumé un grand feu et Maréchal, confortablement installé devant la cheminée, se laissa aller à récapituler les événements qui s'étaient produits depuis leur arrivée. Tout était confus. Les quatre meurtres, l'arrestation de Jérémie Perle, et maintenant la disparition de Marie Péchin. Fallait-il à ce sujet accorder du crédit à Yolande Delmas qui lui paraissait parfaitement folle ? Jeannine avait dû avoir les mêmes doutes puisqu'elle avait demandé confirmation de l'absence de Marie à Florence Dupuy. Cela au moins était exact, la jeune femme n'était pas reparue depuis la veille à la médiathèque et Florence, qui était sa voisine immédiate dans une résidence du centre-ville, ne l'avait pas vue là-bas. De plus, deux personnes avec lesquelles elle avait un rendez-vous professionnel s'étaient plaintes de son absence. Or, ce n'était pas dans ses habitudes. Tout cela confortait l'hypothèse de la disparition. Maréchal se disait que Marie Péchin n'était pas le genre de femme à filer en goguette.

Il réfléchit longuement. Tout était embrouillé. Des personnages comme Jérémie Perle ou Angela Delbreil apparaissaient comme des cheveux sur la soupe au milieu d'événements disparates. Il restait de nombreuses questions dont il aurait voulu avoir les réponses. Pourquoi Eulalie Rives accusait-elle Perle ? Pourquoi Martine Mestre était-elle allée à son rendez-vous mortel ? N'était-il pas bizarre qu'Angela Delbreil…

Le téléphone sonna. Julie, qui allait chercher des Coca pour les joueurs de cartes, répondit :

– C'est pour vous, fit-elle en tendant le combiné à Maréchal.

Il se dirigea vers l'entrée, espérant ne pas entendre de nouveau la voix désagréable de Marcel Dubosc. C'était Costes.

– Bonsoir, Maréchal. Alors, vous êtes au courant ?

– De quoi ? demanda l'écrivain prudent.

– La bibliothécaire de La Bastide a disparu. Vous ne le saviez pas ?

– Euh… oui… enfin, j'ai entendu parler de quelque chose comme ça.

– Ah bon ! Ça m'étonnait aussi.

– Vous êtes sûr qu'elle a vraiment disparu ? Ce pourrait être une fugue.

– À son âge ? questionna Costes interloqué.

– Oui, enfin, bon sang vous voyez ce que je veux dire !

Il remarqua que Jeannine Charles écoutait la conversation.

– Écoutez, répliqua le gendarme, avec tout ce qu'on m'a dit d'elle ça serait étonnant. Et de toute façon, après ce qui s'est passé, le fait qu'on ne l'ait pas vue est un peu inquiétant, vous ne trouvez pas ?

– Si, je vous l'accorde, concéda Maréchal. Mais pourquoi me parlez vous de ça ?

– Je vous rappelle que vous étiez à la médiathèque avec elle avant-hier et vous auriez pu savoir quelque chose.

– Non, rien du tout Costes, en dehors de ce que je vous ai dit concernant la dispute.

Maréchal pensa qu'en effet l'absence de Marie Péchin jetait un jour nouveau sur cet épisode. Il serait plus intéressant que jamais de savoir qui était avec elle à ce moment. Malheureusement, on ne pouvait pas le lui demander. Costes reprit :

– Je vous avoue que je nage ! Alors je me suis souvenu de ce que m'a dit Périer à votre sujet…

– Oubliez ce que vous a dit Périer, affirma-t-il. Je suis là pour me reposer, je vous l'ai dit. Et d'ailleurs je compte repartir bientôt.

C'était ce qui était prévu et qu'il souhaitait : rentrer à La Grézade. Costes soupira.

– Mauvaise nouvelle pour moi ! Surtout que votre *copain* me persécute. J'ai l'inspecteur sur le dos toute la journée, il m'empêche de travailler.

– Vous savez, Costes, en ce qui concerne Dubosc, je crois que je ne peux vous être d'aucune utilité.

– Pourtant il dit du bien de vous.

Après un instant de stupéfaction, Maréchal se dit que l'adjudant devait avoir des difficultés avec l'humour un peu particulier de l'inspecteur.

– Et Perle, il est toujours en prison ?

– Oui. Avec l'autre qui s'acharne ! Il est à Montpellier et les collègues de l'inspecteur essaient de lui mettre sur le dos le meurtre d'Hortense Rives en plus de celui du berger.

– Vous le croyez coupable ? demanda Maréchal brutalement.

– Moi ?

Costes hésitait.

– Il m'a semblé que vous connaissiez Perle pour autre chose. Est-ce que je me trompe ?

Le gendarme siffla légèrement dans le combiné.

– Mazette ! Vous avez de la mémoire, Maréchal. Oui, j'ai eu affaire à Jérémie Perle il y a six mois. C'était en juillet. On a eu des tas d'histoires avec une bande d'écolos à moitié dingues au sujet d'un barrage qui doit être construit sur un torrent vers Combe rousse pour irriguer des terres à seigle de l'autre côté du col de l'Homme. C'est le seul endroit où on peut faire ça. Ils étaient déchaînés. Barrages filtrants sur les routes avec distribution de tracts aux touristes, clous devant le parking de la gendarmerie, sans compter les manifs qui paralysaient La Bastide. Nous, on avait les commerçants sur le dos. Perle menait la danse. Alors vous comprendrez que je n'aie pas beaucoup de sympathie pour lui !

Ce qu'il venait d'apprendre rendait justement Perle plutôt sympathique à Maréchal. Il se garda bien de le dire à Costes qui, après une pause, reprit :

– Mais de là à le croire coupable de meurtre, il y a un pas. Même cette histoire de reconnaissance de dette ne me convainc pas... Si tous ceux qui font de pareils papiers devenaient des assassins, on n'aurait pas fini de sitôt.

– Je pense à peu près comme vous, Costes. Mais, je vous en prie, ne m'en demandez pas plus. Je vous l'ai dit, je vais m'en aller.

Costes soupira.

– Avant de partir, passez me voir, cela me fera plaisir.

Maréchal se demandait encore une heure après, alors qu'il battait à son tour les cartes, pourquoi il avait accepté la proposition de l'adjudant.

Quand ils furent seuls, Laetitia lui demanda :

– Alors tu as vraiment envie de rentrer ?

– Oui. J'en ai un peu assez de toutes ces histoires.

– Tu ne crois pas que tu les attires ?

– Si. Mais ne t'imagine pas, comme tu as l'air de le sous-entendre, que j'en sois heureux.

– Franck, sois honnête. Je t'ai entendu parler avec ce gendarme. Si tu pouvais, tu le remplacerais.

– Grands dieux non ! Tu te trompes. Je n'y peux rien tout de même si, en aussi peu de temps, quatre personnes sont assassinées à deux pas de moi !

– Je croyais qu'il n'y avait eu « que » trois femmes assassinées.

– Tu as manqué un épisode. Il y a aussi un berger dans la montagne.

– Ah, s'il y a un berger alors...

Elle avait un air accablé. Maréchal la comprenait.

Ce n'était pas la première fois que cela arrivait. Dès qu'ils prenaient quelques jours ensemble un peu loin de La Grézade, les assassins se mettaient aussitôt en campagne. Elle reprit :

– Ce que je veux dire, Franck, c'est que je vois bien que tu n'y es pour rien au départ. Ton défaut, c'est de t'en mêler ensuite. Et même ça, je ne le pense pas. Car après tout il semble bien qu'à chaque fois, c'est toi qui as raison. C'est à croire que sans toi tous ces crimes resteraient impunis !

– Tu fais peu de cas des forces de l'ordre.

– Non, mais elles ont l'air beaucoup moins fortes que toi. En tout cas les flics que j'ai vus à l'œuvre jusqu'à présent. On se croirait à chaque fois dans un roman d'Agatha Christie.

– Ce n'est pas la première fois que tu dis ça, fit-il, faussement vexé.

– Ne t'inquiète pas, elle ne t'arrivait pas à la cheville !

– Ne te moque pas, dit-il gentiment. Et viens près de moi.

– Je ne sais pas si je peux, fit-elle moqueuse, il ne faudrait pas qu'il y ait un cadavre sous le lit…

Le lendemain matin, un soleil très pâle se leva sous un plafond bas et maussade de nuages grisâtres qui n'épargnaient aucun quartier du ciel. Il faisait froid, un vent venu du nord à travers les étendues glacées au-delà des crêtes balayait les abords du chalet. Maréchal, qui était sorti de bonne heure, frissonna. Il revint à l'intérieur par la porte de la cuisine. Jeannine était attablée devant son déjeuner, l'air triste et las.

– Bonjour. Oh ! là, là ! Ça n'a pas l'air d'être la forme, plaisanta-t-il.

– Bonjour, Franck. Non, pas vraiment. J'ai téléphoné à Florence Dupuy et elle m'a dit que Marie n'est toujours pas rentrée.

– Vous ne devriez pas vous faire autant de souci pour elle, tenta-t-il. Rien ne vous dit qu'il lui est arrivé quelque chose. Elle a très bien pu s'absenter quelques jours. Des raisons familiales, que sais-je ?

– Vous êtes gentil, mais vous n'y croyez pas vous-même.

– Je ne crois rien de précis, affirma-t-il, sincère.

– En tout cas, j'ai peur. Rendez-vous compte, il y a les trois autres. Alors Marie maintenant, c'est de trop.

– Je comprends ce que vous ressentez et je n'oublie pas qu'en plus vous avez vos propres soucis…

– N'en dites pas plus, Franck. Je parviens de temps en temps à ne plus y penser. Je me polarise sur ce chalet, sur les enfants surtout, sur votre présence, votre amitié à tous deux.

– C'est cela que vous devez faire, rien que ça !

Ses yeux s'embuaient. Elle le regarda en face et demanda :

– Vous voulez vraiment partir, Franck ? Je vous ai entendu le dire hier au soir à ce gendarme. Je sais bien que c'était décidé, mais j'espérais que vous aviez changé d'avis.

Que devait-il faire ? Il hésita.

– Oui, Jeannine, je vais partir. Je dois rentrer. J'ai mon travail, vous comprenez.

– Bien sûr, mais j'espérais que vous resteriez au moins jusqu'à la fin des vacances scolaires.

– C'est trop loin. Je vous assure.

– Oui, mais moi je reste ! claironna Laetitia qui venait d'entrer, superbe, et alla aussitôt embrasser Jeannine.

– N'écoute pas ce grincheux qui te parle de son travail. Comme si lui aussi n'avait pas besoin de prendre des vacances, des vraies ! Sans jouer les flics à ses heures de loisir.

– Laetitia, tu m'accables ! fit Maréchal en riant. Mais au fait je croyais que tu devais travailler dimanche ?

– Eh bien non ! Je viens de recevoir un SMS. Le concert est annulé. Alors je reste !

Jeannine regardait Laetitia avec une reconnaissance que Maréchal trouva excessive. Il n'avait pas estimé à sa juste mesure la détresse de leur amie. Au début de l'après-midi, les deux femmes l'accompagnèrent à La Bastide où il devait prendre un train pour Saint-Donnat. Ensuite, comme à l'aller, le car des vallées le conduirait à La Grézade, et ce soir, à la tombée de la nuit, il verrait briller les lumières de son village à travers les arbres dénudés de son jardin. Rien que cette idée le comblait.

Ils arrivèrent à La Bastide très en avance. Il demanda à Jeannine de s'arrêter devant la gendarmerie.

– Ça commence mal pour un retour ! remarqua Laetitia d'un ton neutre.

– J'ai promis à Costes de passer, s'excusa-t-il.

– Dans ce cas…, fit la jeune femme.

Ignorant l'ironie, Maréchal descendit rapidement, et, une fois dans le hall, demanda à parler à l'adjudant.

Le reconnaissant, le nommé Thierry sortit d'un bureau et vint vers lui.

– Vous voulez voir le chef ?

– Oui, je lui avais promis de passer.

– Il n'est pas là, monsieur Maréchal. Il a été obligé d'accompagner l'inspecteur à Combe rousse où il veut perquisitionner une nouvelle fois.

La mine du gendarme montrait éloquemment ce qu'il pensait de Marcel Dubosc.

– Dites-lui que je suis obligé de rentrer chez moi.

– Mais vous allez revenir bientôt ?

– Je ne pense pas.

– Le chef va le regretter. Il a votre téléphone là-bas ?

– Non, je ne crois pas.

– Alors notez-le-moi sur un papier. On ne sait jamais.

Maréchal était interloqué. Il devait être facile pour un adjudant de gendarmerie de connaître... Il inscrivit son numéro sur le bloc qu'il lui tendait. Il n'avait plus qu'une idée : filer à toute vitesse vers La Grézade.

Une fois à la gare, il vit avec satisfaction que le train était déjà là. Il s'en voulut de quitter Laetitia aussi facilement. Il prodigua des encouragements à Jeannine Charles et s'installa dans son wagon. Le train démarra. Tout en faisant à travers la vitre des signes d'adieu, il vit que loin là-bas, au-dessus de la montagne, la neige brillait de nouveau comme de l'or.

10

La nuit tombait quand il arriva à La Grézade. Le bus avait pris un retard considérable à cause d'un accident. Une voiture folle avait enjambé le pont de Frousse et il avait aperçu, depuis le car, des pompiers en train de remonter des blessés sur des civières. Les gendarmes faisaient la circulation. Maréchal ne les connaissait pas. « Pas encore », ne put-il s'empêcher de penser.

À La Grézade, les lampadaires de la place s'allumèrent les uns après les autres alors qu'il descendait au terminus. Il était un des derniers voyageurs, en dehors de deux femmes âgées en manteau de laine et emmitouflées jusqu'aux oreilles qui avaient fait le déplacement jusqu'au chef-lieu de canton et rapportaient quelques emplettes dans leurs cabas. Une fois sur la place, elles filèrent à toute vitesse vers leurs foyers. Maréchal se retrouva seul.

Le ciel était rouge sombre vers le couchant. Comment pouvait-il faire aussi doux ? Après les nuits en montagne, celle qui s'annonçait à La Grézade évoquait le printemps. Maréchal se souvenait d'un mois de janvier où tous prédisaient l'apocalypse parce que, alors que le reste de la France grelottait, toute la région avait connu un temps tellement clément que dans certaines combes abritées, des feuilles apparaissaient sur les fourrés.

Il se demanda ce qu'il allait faire. Rentrer de suite à La Valette et ouvrir une conserve ou saluer ses amis des Platanes où Ginette Bonnafous lui confectionnerait sûrement avec plaisir une omelette. Pensant aux cèpes secs qu'elle y ajouterait, il prit son sac en bandoulière et se dirigea vers les Platanes. Les maisons de la place étaient éclairées. Ici, il connaissait tout le monde. Il ressentait une paix profonde. Ce n'était pas seulement celle du terme du voyage, des contrées rassurantes, c'était le retour à la vie simple, ordinaire peut-être, mais humaine après la sauvagerie qu'il avait rencontrée là-haut dans la montagne, cette violence surgissant sans cesse même dans des endroits paradisiaques comme Combe rousse ou la bergerie après le col de l'Homme. Le bruit d'une mobylette troubla le silence, mais elle disparut bientôt dans la direction de Saint-Donnat. C'était sûrement celle de Paul Lacroux, un garçon de dix-sept ans qui travaillait à la scierie et rejoignait la ferme de ses parents à quatre kilomètres du village. De cette connaissance aussi était faite la paix de La Grézade.

Le café était éclairé *a giorno* et il aperçut au-dessus des rideaux qui masquaient le bas de la vitre, la tête et les épaules de Lucien Bonnafous en train de pérorer pour un public invisible. Il devait être en train de ressasser pour ses clients habituels une de ses histoires de chasse que Maréchal détestait, comme il détestait la chasse elle-même.

Une chaleur de four régnait à l'intérieur. Ginette, qui était frileuse, avait dû laisser le chauffage au maximum malgré la température clémente. Quelques-uns des clients avaient des trognes rouges et un regard brillant dont il était difficile de savoir s'ils le devaient à cette atmosphère surchauffée ou aux petits blancs. Quand il vit Maréchal, Lucien Bonnafous s'écria :

– Franck ! Ce n'est pas possible ! On pensait que tu allais rester là-haut ! Surtout après ce qu'on a lu dans le journal… Qu'est-ce que je te sers ?

Maréchal lui serra la main qu'il tendait franchement et répondit comme d'habitude :

– Une limonade.

À quoi Lucien répondit :

– Tu n'es pas raisonnable.

Avant de répéter exactement la même phrase quand l'écrivain alluma une Gauloise après avoir enlevé son pardessus. Tout était dans l'ordre.

Lucien lui servit son verre et annonça :

– Ginette ne va pas tarder, elle est allée faire une course.

« Faire une course » voulait dire se rendre à l'épicerie Faure au coin de la rue. La boutique fermait à dix-neuf heures en théorie. Il était dix-neuf heures trente, mais il n'y avait pas lieu de s'inquiéter du retard de Ginette. Il y avait toujours deux ou trois commères dans l'épicerie qui se transmettaient les dernières nouvelles du jour. Faure jouait le rôle de la place des villages africains d'où rayonnaient ensuite les informations dans tous les quartiers de La Grézade. Ginette était un élément apprécié : sa position au café était stratégique. Maréchal savait que la tenancière des Platanes, malgré sa langue bien pendue, se gardait de nuire à quiconque par ses propos, se bornant aux nouvelles d'intérêt général. Ce n'était pas le cas de toutes celles qui venaient, à la tombée de la nuit, chercher leur motte de beurre. Autant que la chasse, Maréchal détestait les racontars, mais il adorait Ginette Bonnafous qui avait pour lui une sorte de vénération.

À dix-neuf heures quarante, Maréchal commençait à penser qu'il devait s'être passé quelque chose d'important, lorsque Ginette entra, portant une bouteille d'huile dans une poche en papier. Comme elle le faisait toujours, bien que le trottoir fût sec ce soir-là, elle frotta longuement ses semelles sur le paillasson en coco et referma sa porte avec beaucoup de soin, en personne méticuleuse. Maréchal sourit en l'observant alors qu'elle défaisait le fichu qui couvrait sa tête. Elle jeta un coup d'œil circulaire sur sa clientèle comme pour s'assurer que tout était en ordre puis elle le vit.

– Franck ! On pensait…

– Ne me dis pas, toi aussi, que tu croyais que j'allais rester dans la montagne !

– Non. Je voulais dire qu'on croyait que tu nous avais oubliés. Pas un coup de fil ! Ce n'est pas dans tes habitudes…

Il se mordit les lèvres. C'était vrai, avec ce qui s'était passé à La Bastide, il avait négligé ce qu'il considérait comme un devoir sacré : s'enquérir de la santé de ses amis et, il fallait bien l'avouer, se tenir au courant de ce qui se passait à La Grézade, en dehors des racontars évidemment, Ginette avait appris à faire le tri pour lui.

– Il ne faut pas m'en vouloir, je n'ai pas arrêté une seconde !

– Je te l'ai dit cent fois mon pauvre Franck. Tous ces gens t'exploitent.

Tous ces gens, pour Ginette Bonnafous, c'était tous ceux qui n'appartenaient pas au monde de La Grézade, tous ceux avec lesquels Maréchal était en relation dans son métier, spécialement *ces gens de Paris* dont elle parlait avec un peu de crainte, la capitale ayant sans doute pour elle des relents de nouvelle Babylone. Maréchal sourit. Cette exploitation dont il était victime selon elle ne lui coûtait guère, en fait il avait réussi au fil des ans à la réduire au strict minimum. Mais il ne pouvait tout de même pas lui avouer que durant son séjour à La Bastide, il avait surtout passé son temps occupé par les meurtres de trois femmes et d'un berger. D'ailleurs s'il lui en avait parlé, elle aurait répondu sûrement qu'il n'avait qu'à redescendre chez lui, ce qui aurait été frappé au coin du bon sens et aurait exprimé exactement ce que Maréchal dans ses moments de lucidité pensait aussi qu'il aurait dû faire.

– Tu as mangé ?

Manger était pour elle une activité importante de la vie des hommes, ce qui lui avait donné cette silhouette plus que rondelette sur laquelle il avait essayé plusieurs fois, à la demande de Lucien qui s'inquiétait de la voir tant ingurgiter, d'attirer son attention en expliquant que le surpoids était mauvais pour la santé. Ginette en convenait, elle lisait les magazines féminins, mais cela ne l'empêchait pas aussitôt après de livrer à Maréchal par le menu la dernière recette diffusée par la télé où les émissions culinaires s'étaient multipliées ! Maréchal le constatait quand il venait au café. Lui-même s'était débarrassé depuis longtemps de son téléviseur, préférant la vue de son jardin, la nuit d'été à la belle saison.

– Non, répondit-il à l'avance et avec franchise il compléta : Je comptais un peu sur toi.

– Je vais te faire une omelette. J'ai justement des cèpes secs dans le placard.

Tandis que Ginette filait vers sa cuisine, il s'étira de bien-être. Lucien s'était replongé dans la conversation avec trois ou quatre habitués des Platanes, de ceux qui retardaient chaque soir leur départ, à cause des blancs qu'ils ne pouvaient boire qu'ici, ou d'un foyer sur lequel régnait une épouse tyrannique. C'était cela le bon public de Lucien. Il tenta en l'interpellant de lancer Maréchal sur une histoire de chasse. Mais ce soir-là, la plaisanterie tourna court, et l'écrivain ne se laissa pas avoir. Lucien n'insista pas.

Il était assis à la table la plus proche de la cuisine que seul un rideau en perles de verre séparait de la salle. Il entendait le crépitement de l'huile de la poêle et bientôt sentit l'odeur magnifique des cèpes qui *revenaient* dans l'huile. Quelques secondes après, Ginette arriva, l'assiette et les couverts sur un plateau. Il se demanda comment elle avait fait pour mettre la main en si peu de temps sur un pain aussi tendre que celui qui accompagnait l'omelette. Cela faisait partie des mystères Bonnafous où chaque détail était prévu, au moins en ce qui concernait les relations d'amitié. C'était beaucoup et Maréchal avait constaté, hélas, que ces attentions se perdaient, surtout dans d'autres milieux qu'il avait fréquentés et dont il se tenait désormais loin, leur préférant la compagnie des solitaires qui hantaient comme lui les grands espaces ou des gens comme les Bonnafous, ses vrais amis.

Il se délecta de l'omelette, c'était une merveille. Il entendait Ginette qui s'affairait dans la cuisine pour préparer leur propre repas. Se souvenant d'un détail, il profita d'un moment où Lucien n'était pas occupé pour lui faire signe. Bonnafous vint s'asseoir à sa table.

– Elle est bonne, n'est-ce pas ? demanda-t-il en désignant l'omelette.

– Plus que ça ! s'exclama Maréchal. Tu veux la goûter ?

– Non merci. (Il montra du doigt la cuisine.) Elle n'en serait pas contente. Elle m'a mis au régime. Le cholestérol…

– Mon pauvre vieux.

– Tu peux le dire. Rends-toi compte qu'au lieu d'une omelette comme ça, je vais devoir ingurgiter tout à l'heure un plat de légumes à la vapeur.

Il resta songeur une ou deux secondes et, se penchant vers Maréchal, il murmura :

– Et le pire c'est qu'elle continue à manger comme avant ! Ginette, elle, a des analyses parfaites, a dit le docteur.

– Mon pauvre vieux, répéta Maréchal, qui compatissait aux malheurs de son ami.

Il ne put s'empêcher toutefois de remarquer :

– Ça va être dur au moment de l'ouverture.

Lucien Bonnafous prit une figure sinistre et soupira à fendre l'âme.

– Je ne te le fais pas dire.

– Remarque, Lucien, que ce n'est pas moi qui le regretterai. Si ça pouvait t'empêcher…

– De chasser ? Tu n'y penses pas. Elle mangera tout !

– Quand je suis arrivé, tu m'as dit que tu étais étonné « surtout après ce qu'on a lu dans le journal ». Qu'est-ce qu'il y avait dans le journal ?

– Ben, voyons, ces histoires de meurtres, ces femmes…

Maréchal avait oublié que les articles du *Clocher de Saint-Donnat* étaient souvent constitués d'actualités régionales prises dans d'autres journaux. Et La Bastide n'était pas si loin de Saint-Donnat. Ainsi ses amis de La Grézade avaient apparemment lu la prose d'Antoine Delacroix sur les meurtres.

– On a pensé que ça tombait bien que tu sois dans le coin à ce moment. Personne ici n'a oublié que dans cette affaire des pendus c'est toi qui as trouvé le coupable[1]. Et aussi dans d'autres histoires. En tout cas, c'était Paul Vialat qui nous racontait ça quand il venait, avant de prendre sa retraite. Il ne quitte plus les bords de la rivière. Si tu le vois un jour, d'ailleurs, pense à lui dire qu'on est toujours vivants !

Il parut se perdre dans les souvenirs. Cela lui arrivait quelquefois et Maréchal respectait alors son silence. Il fut d'autant plus stupéfait d'entendre Lucien déclarer :

– Et aussi, il y a ce qu'on a lu au sujet de Jérémie Perle. Qu'on l'avait arrêté.

– Tu ne vas pas me dire que tu sais qui est Jérémie Perle !

– Bien sûr que si ! Mais toi aussi, voyons…

Il réfléchit, hésita et s'exclama :

1. Du même auteur : *Les Cendres de juin*, Albin Michel, 2002.

– Ah, mais non, c'était il y a quinze bonnes années. Bien avant que tu arrives ici.

Une voix arriva de la cuisine :

– Perle ? Ça fait presque vingt ans maintenant.

– Tu rigoles, fit Lucien qui parlait haut sans doute pour faire diversion en réalisant que Ginette l'avait certainement entendu parler aussi de ses problèmes de régime.

Sa femme souleva le rideau en perles de verre, une cuillère en bois à la main et elle affirma sur un ton sans réplique :

– Ça fait exactement vingt ans cette année.

– Comment tu le sais ? demanda Lucien.

– Parce que, cette année-là, Éric est entré au CP. Il a vingt-six ans.

Lucien Bonnafous restait bouche bée. Maréchal demanda :

– Et qu'est-ce qu'il a fait, Perle, cette fameuse année-là ?

Ginette brandit la cuillère dans la direction de son mari :

– Raconte ça à Franck, moi il faut que j'aille tourner tes légumes.

Lucien grimaça et raconta :

– Il était arrivé un an avant et il avait loué une ferme plus ou moins abandonnée. On a pensé que c'était un de ces hippies qui sont arrivés ici à cette époque, mais bientôt on a vu qu'il cherchait des résidences secondaires pour les citadins de Montpellier ou d'Alès. En même temps, il s'habillait comme les hippies et recevait de drôles de gens dans sa ferme. Il vivait avec une fille qui, dit-on, se baignait nue dans la rivière.

Il s'arrêta et demanda :

– Tu te rends compte ?

Oh oui Maréchal se rendait compte ! Peut-être aussi que son ami regrettait de ne pas l'avoir vue… Mais ce n'était pas le moment d'interrompre Lucien.

Le cafetier se servit un verre d'eau et reprit :

– Alors sur ces entrefaites, on a entendu dire qu'on allait faire un barrage sur la rivière et une retenue pour arroser des maïs que certains s'étaient mis en tête de faire pousser ici, ce qui entre parenthèses n'était pas une bonne idée. On a eu une commission d'enquête, des plans ont été affichés à la mairie, etc.

Il soupira profondément, but un peu d'eau et dit d'un air sombre :

– C'est là que ça a commencé.

Il était inutile de lui demander quoi. Il allait le dire. Il fallait seulement lui laisser le temps. Des clients de tout à l'heure, il ne restait que le père Jules. Il attendait toujours le dernier moment pour rejoindre sa femme revêche. On entendait crépiter la poêle de Ginette et en même temps un robot ménager. Bien qu'il fût pris dans ses pensées, Lucien remarqua : « Carottes râpées… » avec une grimace de dégoût. Pour fuir cette vision désagréable, il reprit son récit :

– Mon pauvre Franck ! Un barouf du diable ! Tu ne peux pas imaginer la perturbation que ce type a apportée cet été-là à La Grézade. Il a fait venir ses copains de tous les coins de France et des Allemands, des Belges, une tripotée de Hollandais. Louis Dhers prétend même qu'il y avait des Turcs, mais moi je ne les ai pas vus. J'ai vu un Chinois, mais pas de Turcs. Ils se réunissaient là tous les jours vers deux heures.

Il montrait la place de La Grézade, de l'autre côté de la vitre, là où les lampadaires formaient une couronne dans la nuit. Il poursuivit :

– Cette histoire de barrage, tout le monde s'en souvient encore. Nous, les gens d'ici, on était d'accord. On s'en fichait que cela inonde deux ou trois boucles de la rivière, on en a vu d'autres. Mais le Perle, avec ce tintouin, il a soulevé enseignants, fonctionnaires, chômeurs et vacanciers. Tout ce beau monde a dit qu'on allait massacrer le paysage. Et à cette époque, on ne parlait pas autant d'écologie que maintenant.

Il y avait dans la voix de Lucien une légère nuance d'ironie. Lui qui aimait la nature restait sceptique et le disait haut et fort quand le poste des Platanes diffusait un reportage sur l'environnement. Il y avait longtemps que Maréchal avait renoncé à trancher entre les purs et durs, les arrivistes, les sincères et les autres. Autrefois, il s'était plu à la ville ; depuis des années, il avait trouvé à La Grézade l'équilibre et une précaire, mais réelle, paix intérieure. Il avait de toute façon l'intention de ne se mêler à aucun combat, ceux de sa jeunesse lui avaient laissé un goût trop amer... Il comprenait parfaitement ce que pensait Lucien de tout le raffut mené par Jérémie Perle vingt ans auparavant : rien de bon. Et Maréchal en avait trop vu de son côté pour lui en vouloir. Il était frappé par la correspondance entre le récit de son ami et celui de Sébastien Costes. Perle avait de la suite dans les idées. Cette constance plaisait à Maréchal. Il réfléchit à cela pendant que Lucien était allé servir un client qui venait d'arriver. Que fallait-il penser de Perle ? Lors de sa visite à Combe rousse, il l'avait trouvé sympathique, mais cela ne suffisait pas à en faire quelqu'un de bien ! Se forger une conviction était difficile, tant ce type lui avait paru complexe. Et il l'avait vu trop peu. Une activité en marge, peut-être des tripatouillages immobiliers, des goûts étonnants comme la peinture ou l'astronomie – même pas : Perle avait parlé d'astrophysique ! Tout cela formait un personnage pour le moins ambigu. La présence dans sa vie de quelqu'un d'aussi étonnant que la belle Angela Delbreil donnait encore plus à penser. Dans le cas du berger, les gendarmes avaient soupçonné Jérémie Perle à cause d'un témoignage. Il serait intéressant de savoir de qui il provenait. Marcel Dubosc était arrivé avec ses gros sabots. Il essayait maintenant de lui coller sur le dos le meurtre d'Hortense Rives, sous le prétexte insuffisant qu'elle était sa maîtresse. Si Perle était l'assassin du berger, ce meurtre prenait un éclairage nouveau, mais cela pouvait être une sorte de coïncidence. Évidemment, Dubosc ne croyait jamais aux coïncidences.

Maréchal jeta un coup d'œil à la pendule. Il avait terminé son omelette. La salle était presque vide. Bientôt le dernier client de l'après-midi s'enfoncerait dans la nuit qui d'ici paraissait toujours un peu hostile. Lui-même allait rentrer à La Valette. Une fois qu'il aurait retrouvé son domaine, mis en route le chauffage, consulté un courrier qui ne l'intéresserait sans doute pas plus que d'habitude, il téléphonerait à Laetitia. Oh, comme il aurait aimé qu'elle soit avec lui en ce moment. Ils rentreraient tous les deux, ils écouteraient de la musique, après…

Il chassa toutes ses pensées inutiles. Il se demanda ce qu'elle et Jeannine faisaient. Laetitia parlait-elle de lui ? Il pensa à Judith. Il aurait voulu l'aider, il avait un peu essayé le dernier soir, mais elle avait opposé une fin de non-recevoir à ses marques d'amitié. Elle était comme un oursin ou une pelote piquée d'épingles, impossible à saisir.

– À quoi penses-tu ? fit Lucien Bonnafous en passant la main devant ses yeux.

– À rien ! s'exclama-t-il sottement. (Mais Lucien n'était pas du genre à lui faire remarquer qu'on pense toujours à quelque chose.) Et cette histoire de barrage, alors, comment ça s'est fini ?

– En queue de poisson. Au moment où tout le monde était prêt à en venir aux mains, un rapport complémentaire d'experts est arrivé à la préfecture. Il était question de problèmes de sols, trop mous ou trop durs, je ne me souviens plus. En fait, il aurait coûté trop cher ce barrage. Maintenant est-ce que c'était une combine pour éteindre l'incendie ? Je n'en sais rien. Mais pourquoi tu me fais raconter ça ? À moins…

Il s'interrompit et, l'œil illuminé d'une petite flamme, murmura :

– À moins que tu n'aies une petite idée sur ces histoires de La Bastide.

– Aucune, Lucien, aucune ! s'exclama-t-il. Ne va pas te mettre ça en tête. Je n'ai qu'une idée maintenant, c'est de rentrer à La Valette et me coucher.

– Bon, bon, ne te fâche pas, je disais ça comme ça…

Il soupira profondément, se leva et d'un geste machinal passa sur la table la serviette qu'il tenait après avoir pris l'assiette et le couvert de Maréchal.

Puis, il se rassit, pensif, et regardant droit devant lui vers le cendrier où l'écrivain venait d'écraser une Gauloise à moitié fumée, il déclara d'un ton lugubre :

– Ah bien sûr, il y a une autre histoire à son sujet.

– Au sujet de qui ? demanda Maréchal.

– De Perle.

– À propos du barrage ?

– Non, ça c'est arrivé un bon mois après que la préfecture eut annoncé qu'on allait recommencer l'enquête des sols, ce qui pour tout le monde signifiait qu'on abandonnait le projet.

– Qu'est-ce qui est arrivé ?

– La fille qui était avec Perle a disparu.

Maréchal fixa Lucien. Ce qu'il venait de dire était incroyable. Il tenta une explication :

– Disparu ? Elle est partie ?

– Non ! Du jour au lendemain, elle a disparu.

– Qui a signalé sa disparition ?

– Mais Perle évidemment. C'est lui qui est allé voir les gendarmes.

– Et alors ?

– Alors rien. On ne l'a jamais retrouvée. On l'a cherchée partout, il y a même eu des battues dans les bois autour de la ferme. Rien.

– Et après ?

– Voyons, Franck, après, le temps a passé...

Bien sûr, comme d'habitude. Cela n'avait rien d'étonnant, « après », le temps passait toujours et tout ou presque finissait par disparaître.

– Et on a pensé qu'elle avait dû filer avec un autre. Ce genre de fille...

– Tu ne la connaissais pas ! cria Ginette depuis la cuisine.

– Tu vois Franck, ça c'est la solidarité féminine !

– Peut-être bien après tout qu'elle avait subi un mauvais sort, cette petite. Mais à l'époque, tout le monde s'en fichait.

– Même les gendarmes ? demanda Maréchal.

– Non pas eux ! dit Ginette en passant la tête à travers le rideau de perles de verre. Ils ont cherché encore pendant des mois, mais les gens de La Grézade s'en fichaient. Tout le monde avait surtout en tête d'oublier ce barrage et aussi c'était l'année de la coupe du monde de foot ! Ici, c'était plein tous les après-midi.

– C'est vrai que les gendarmes ont continué, approuva Lucien. Même que c'était Paul Vialat qui venait d'être nommé adjudant à Saint-Donnat. Il doit bien s'en souvenir de la Carmen qui était avec Jérémie Perle !

Paul Vialat. Comme le monde était petit ! Mais c'était idiot de penser ça. Ici on était à La Grézade et Vialat était chef à Saint-Donnat. C'était logique qu'il s'occupe de cette disparition. Se souvenait-il de cette affaire ? Sûrement. Le père de Laetitia avait une mémoire d'éléphant.

– Je me demande comment tu as su le prénom de cette fille, reprit Ginette qui, après être rentrée deux minutes dans sa cuisine, avait ressorti la tête à travers le rideau.

– Comment veux-tu que je me rappelle ? plaida Lucien en levant les bras.

– Moi-même je ne l'ai jamais su, tout le monde l'appelait « la hippie ». Tu ne te souviens pas ?

– Bien sûr que si !

– Alors comment toi tu sais son prénom ?

Elle le fixa une bonne minute d'un air soupçonneux, puis finit par sourire. C'était comme ça que se terminaient toujours les crises de jalousie de Ginette. Elle savait bien au fond que jamais aucune de ces gourgandines ne lui prendrait son Lucien.

La pendule sonna huit heures. Des coups discrets, on ne les entendait pas dans l'atmosphère habituellement bruyante du café. C'était l'heure où Lucien et Ginette mangeaient ensemble. Les habitués le savaient et partaient avant ou revenaient après. Maréchal se leva.

– Je m'en vais.

Il tendit la main à Lucien.

– Tu veux que je te raccompagne à La Valette ? proposa ce dernier.

Maréchal s'en serait voulu de demander à son ami de sortir la Kangoo au moment de dîner, même s'il s'agissait de légumes. Et il avait envie de marcher, comme d'habitude.

– Merci, Lucien. Mais je vais rentrer à pied. Ça me fera du bien. La ligne, tout ça…

Bonnafous n'insista pas.

– Bonsoir, Franck ! cria Ginette de sa cuisine.

L'écrivain désigna celle-ci :

– Ça sent bon !

– Les légumes ? fit son ami avec un air accablé.

Maréchal pensa qu'il faudrait peut-être parler de ça à Ginette, elle ne devait pas se douter à quel point cela démoralisait son mari de suivre un tel régime. Et puis

fourvoyait
fuir adolescent 8 à 12 ans
10 heures de sommeil
emphase

Chère cliente, cher client,

Nous finalisons le déploiement de la radio relève sur votre commune et le releveur est susceptible de passer.

Votre rue sera relevée

Le 21 Novembre 2014

dans la journée

Nous vous remercions par avance de rendre votre compteur accessible.
Vos animaux peuvent surprendre le releveur, merci d'y penser et de prendre toutes les précautions utiles.

En cas d'absence, merci d'afficher sur votre porte ou portail, le jour de notre passage, l'index que vous avez relevé (chiffre noir uniquement) :

non, après tout. Il la connaissait, elle faisait sûrement exactement ce qu'il fallait. Maréchal avait beaucoup d'admiration pour Ginette Bonnafous.

Il traversa à regret la salle du café, en songeant qu'il allait quitter cette douce chaleur pour la nuit d'hiver. Mais quand il se retrouva sur la place, il constata qu'il faisait très bon.

Il n'y avait évidemment personne dans les rues. Tout le monde était à table et devant la télé pour ingurgiter les nouvelles du monde. Un monde tellement étranger pourtant à La Grézade en cette nuit de décembre. Il s'engouffra par les petites rues vers la route qui menait à La Valette. Il se demanda plusieurs fois, tant l'air était doux, s'il n'allait pas sentir l'odeur du lilas. Il passa sur le pont. La rivière était grosse, elle coulait en miroitant sous les lampadaires des berges. Il n'y avait guère d'étoiles et la lune était cachée par les nuages. Il arriva sur la route, il lui restait encore deux kilomètres à faire. Les maisons s'espacèrent bientôt et il arriva dans le quartier des jardins. En dehors de ses pas sur le bitume, on n'entendait aucun bruit même là-bas vers le sud et la route de Saint-Donnat. Il passa devant la grille du château dont au fond du parc on apercevait la silhouette massive grâce à une apparition de la lune. Une grosse chaîne fermait le portail. Personne n'habitait ici depuis des années, depuis que le vieux baron avait été interné en hôpital psychiatrique. Impossible de vendre pour les héritiers éventuels. Il valait mieux. Ils auraient pu en faire un complexe touristique ! Maréchal frémit comme chaque fois qu'il y pensait. Il pressa le pas comme pour conjurer le sort. Tout en marchant, il réfléchissait. Il était sûr que la conjonction de l'histoire du barrage avec la disparition de la compagne d'alors de Jérémie Perle, quand on la comparait aux événements de La Bastide, ouvrait la porte à de nombreuses supputations. Quelqu'un comme Sébastien Costes trouverait ça utile. Si cela arrivait aux oreilles de Dubosc, ce dernier était capable de condamner mentalement Perle à la perpétuité ! Maréchal connaissait les gendarmes, leur travail de fourmis, leur zèle têtu à fouiner dans les coins, à recoller des bouts d'histoires. Un jour ou l'autre, ils sauraient que Perle était venu vingt ans plus tôt dans le secteur. Ils appelleraient leurs collègues de Saint-Donnat qui sortiraient le dossier, appelleraient peut-être Paul Vialat et…

Maréchal s'arrêta. La route tournait brusquement, la lune brillait, toute ronde au-dessus des arbres. Devant lui, il voyait le contour de La Valette, sa maison. Il avait l'impression d'avoir quitté cet endroit un siècle plus tôt. Il oublia Perle et les gendarmes. L'air du soir était presque suave, il sentait les feuilles mortes. Le silence était prenant et quand il tourna sa clé dans la serrure du portail, le grincement parut strident. Il sourit, il avait encore oublié de la graisser.

Une fois chez lui, il suivit le programme qu'il s'était fixé : rallumer le chauffage, se changer, se « mettre en sale » comme il disait et, après avoir fait le tour de sa maison et passé un moment devant la baie du séjour qu'il venait d'ouvrir à contempler les silhouettes dégarnies des arbres de son jardin à travers lesquelles on voyait clignoter les lumières de La Grézade, il pensa aux Bonnafous. Il était presque neuf heures du soir. Le café devait de nouveau être rempli de monde, surtout un vendredi soir. Maréchal but un verre d'eau et appela Laetitia.

– Allô ? répondit une petite voix sèche.

– C'est Judith ?

– Ah, c'est vous. Vous voulez parler à...

Il la coupa :

– À toi d'abord, comment ça va ?

– Pourquoi ? Vous pensez que ça peut ne pas aller ?

Son ton était vif, presque effronté. La distance lui donnait de l'assurance.

– Non, mais je veux juste savoir si tout va bien pour toi. Quand je t'ai vue l'autre jour, je t'ai trouvé l'air bien triste.

– Ça ne vous regarde pas, fit-elle beaucoup plus bas.

– Touché, mais pas coulé ! fit Maréchal avec le ton le plus enjoué qu'il put.

– Vous êtes idiot ! dit-elle en soupirant. Mais je vous aime bien, Franck.

Elle reprit le chuchotement :

– Vous êtes exactement l'opposé de mon père.

– Il ne faut pas juger sans tout connaître...

– Ça aussi mon père ne l'aurait jamais dit. Laissez tomber, vous ne pouvez pas comprendre. Vous voulez parler à Laetitia, j'imagine ? Elle joue au Scrabble avec Julie. Ça ne m'étonne d'ailleurs ni de l'une ni de l'autre. Elles ont tellement les pieds sur terre toutes les deux.

C'était plutôt bien vu. Il évita toutefois d'approuver, dans la bouche de Judith l'expression ne devait pas correspondre à un compliment. Pour lui cela en était un et, souvent dans leur vie, le sens pratique de Laetitia l'avait empêché de se fourvoyer, emporté qu'il était parfois par ce qu'il appelait son lyrisme dans les bons jours, son aveuglement les mauvais.

– Laetitia ! C'est Franck ! hurla Judith.

Il était sûr de voir celle qu'il aimait vérifier l'alignement de ses pions avant de se lever, comme il était sûr aussi qu'à cet instant son cœur battait aussi fort que le sien. Il y eut un bruit bizarre comme si on avait laissé tomber le combiné, ce qui aurait été tout à fait dans les façons de Judith. Il entendit, ou peut-être se l'imagina-t-il, les craquements du plancher puis la voix de Laetitia :

– Franck ! Quelle surprise ! Je me demandais ce qu'il t'était arrivé. J'ai pensé à une grève de la SNCF, à un accident d'autocar, à un malaise même…

– Je suis allé manger aux Platanes.

– Alors ça va…

Elle aimait bien les Bonnafous et cela sauvait Maréchal qui demanda gentiment :

– Tu as passé une bonne journée ?

– Excellente. On a rangé la moitié droite du chalet et là je jouais au Scrabble avec Julie.

Elle prit le même ton que Judith un peu avant et à mi-voix elle dit en soufflant légèrement dans le combiné :

– Franck, j'en ai assez de toute cette neige. Si ce n'était pas pour Jeannine, je t'assure que je rentrerais dès ce soir. Qu'est-ce que tu vas faire maintenant ?

– Je vais m'asseoir sur le canapé, ouvrir un Coca et me passer… Quoi au fait ? Quel disque vais-je bien pouvoir mettre ?

– Écoute la deuxième symphonie de Rachmaninov. Tu te souviens ?

– C'est une excellente idée.

Un quart d'heure plus tard, alors qu'il posait le CD sur la platine, Maréchal sourit en se rappelant ce que ce disque représentait pour eux. Au moment où il avait refermé la baie, il avait entendu une chevêche du côté de la vieille grange. Le monde était beau ce soir.

11

Quand il émergea de ses couvertures, il s'aperçut aussitôt qu'il avait oublié de remettre le chauffage de la chambre. Il posa les pieds sur le parquet glacé, et s'habilla très vite avant de regagner la chaleur du séjour. En ouvrant les volets de la baie, il vit que les arbres étaient secoués par des rafales de vent. Un vent du Nord glacé et chargé d'odeurs de neige. Après avoir caressé un moment l'idée qu'il lui apportait les rêves de Laetitia certainement encore endormie dans le chalet de la montagne, il se souvint que malgré la douceur de la veille on était encore en décembre.

Il remplit de café son vieux quart en alu et regarda vers La Grézade. Derrière les arbres couchés par le vent on distinguait mal les lumières publiques. Il y avait à la limite du parc un fin liseré de lumière pâle vers l'est. Le reste du ciel était vide d'étoiles.

Il entra dans son bureau et prit le paquet de courrier qu'il avait ramassé la veille dans la boîte aux lettres. Il le feuilleta négligemment. En dehors des prospectus publicitaires sans intérêt qui avaient passé outre l'interdiction affichée sur la boîte : « Pas de pub », il fit deux tas. D'un côté les factures, relevés de banque et de l'autre les lettres qui lui parurent plus personnelles. Une grosse enveloppe marron attira son attention. Le cachet de la poste montrait une flamme vantant les mérites touristiques de La Bastide. Il la retourna, il n'y avait pas de nom d'expéditeur. Qui pouvait bien lui écrire de là-bas ? Il ouvrit l'enveloppe avec son coupe-papier. La question resta sans réponse. Il s'agissait d'une liasse de comptes et aucun mot ne l'accompagnait. Il la tapota distraitement un moment tout en s'interrogeant encore. Puis il s'assit à son bureau, alluma sa lampe et entreprit la lecture des papiers. Tout cela ne rimait à rien ! Il s'agissait d'extraits de comptabilité, mais il n'y comprenait goutte. La seule chose qui lui parlait concernait les en-têtes de certaines feuilles où était porté le dessin d'une grosse pelle mécanique et la mention « Entreprise Raoul Delacroix – Travaux publics ». Pourtant, celui qui lui avait envoyé ça devait penser qu'il en tirerait quelque chose…

Avec une bonne volonté exemplaire, il relut soigneusement chaque page. Il eut l'impression que des chiffres, des paragraphes entiers se répétaient d'une feuille à l'autre avec ou sans en-tête. Mais c'était tout. Il était incapable d'aller plus loin. Découragé, il remit les feuillets dans l'enveloppe et la posa. Qui à La Bastide pouvait donc penser qu'il serait intéressant pour lui d'avoir ces papiers ? Il ne parvint à aucune conclusion et finit par abandonner. Le reste de son courrier personnel pouvait attendre. Il éteignit sa lampe de bureau et sortit sur la terrasse. Mais il battit vite en retraite. Le vent était glacial et l'aube se levait sous un plafond bas et uniformément gris qui n'annonçait rien de bon. Il avait eu le temps d'apercevoir dans les massifs tout ce qui clochait, mais il valait mieux attendre des jours meilleurs pour se lancer dans le jardinage. Tout en se dirigeant vers sa salle de bains, il se demanda ce qu'il allait faire de sa journée.

Après une toilette de chat, il se souvint des propos de Lucien Bonnafous. Il était à la croisée des chemins. Ne pas se mêler de toute cette affaire ? Il ne l'avait que trop fait. Il avait promis à Laetitia, mais elle savait qu'il ne pouvait s'empêcher de se fourrer dans de probables complications. Il relut avec beaucoup d'attention les feuillets de l'enveloppe marron. Sans plus de succès qu'auparavant. Il était inutile d'insister.

Il passa deux heures à vérifier que tout allait bien chez lui, fit un peu de rangement, classa même les plans de son futur livre. Quand il en fut là, il se dit qu'il ferait mieux de commencer à l'écrire mais cela lui parut tout à coup une tâche insurmontable. Il fit un grand tour de son jardin. Il calfeutra ce qui pouvait encore l'être, les plantes qui avaient trop vite poussé avec le redoux gèleraient de toute façon. C'était ainsi, c'était le « grand cycle de la nature » comme on le lisait de nouveau un peu partout dans les magazines alors que dans son enfance cette expression était réservée aux livres de sciences naturelles. Est-ce que cela existait encore les sciences naturelles ? Peut-être elles aussi étaient-elles passées à la trappe. Il interrompit bien vite ces réflexion aigre douces et se satisfit en voyant pointer dans un de ces massifs les premières tiges des perce-neige. Quelle importance tous ces mots, alors que l'essentiel continuait, discrètement, à côté, comme faisait toujours la vie, comme il s'efforçait que fasse la sienne ?

Il se changea et s'habilla chaudement, le vent n'avait pas l'air de vouloir se calmer. En passant il prit l'enveloppe marron et la glissa dans la poche de son parka. Puis, après un regard chargé de culpabilité vers son bureau, il sortit.

La 4L garée dans l'allée de mûriers était couverte de feuilles mortes qu'il mit plus de cinq minutes à enlever. Il avait réussi à convaincre Jules Viadieu de la lui repeindre en beige clair après un épisode vert salade qui n'avait que trop duré et au bout duquel Laetitia avait déclaré qu'elle ne monterait plus dans cette « épave ». Il sourit, c'était de cela aussi qu'était faite la vie. La voiture manifesta un peu de mécontentement et il dut s'y reprendre à plusieurs fois avant d'entendre le ronronnement caractéristique qu'il aimait.

Il était près de neuf heures et le jour était maintenant levé, apportant sur le jardin une lumière pâle qui n'était pas désagréable. Il sortit de La Valette et descendit pour fermer son portail, il jeta un coup d'œil dans sa boîte aux lettres, mais n'aperçut aucune nouvelle enveloppe marron.

Comme chaque fois qu'il traversait La Grézade à cette heure matinale, il ressentait un sentiment rassurant, rien ou presque ne changeait avec les années. Le boulanger fumait devant son fournil après son travail nocturne, la bonne astiquait la plaque de cuivre du notaire, Mme Fraysse partait, le cabas à la main, chercher les courses du docteur à l'épicerie Faure qui venait d'ouvrir. Ginette Bonnafous lavait à grande eau le trottoir devant Les Platanes. Elle lui fit un grand geste d'amitié. Elle savait qu'il s'arrêterait au retour. Pour elle aussi sans doute le passage de la 4L était rassurant.

Il se gara devant la Caisse d'épargne encore fermée. Il frappa à la vitre du bureau de Marc Saint-Yves. Il l'avait connu quelques années plus tôt alors qu'il cherchait à placer ses maigres économies. Maréchal croyant au Livret A comme en des tas de choses qui lui paraissaient éternelles, il était venu le voir. Tout en discutant de taux d'intérêt, ils s'étaient découverts une passion commune plus excitante, pour les marches dans des endroits reculés, des bouts du monde à l'écart de tout et principalement de cette civilisation qu'ils avaient tous deux besoin de fuir, de temps en temps, pour se sentir encore vivants. De là était née une amitié qui les avait amenés à se retrouver dans des coins perdus du causse ou dans ces forêts d'automne que le banquier idolâtrait comme lui. Ces rencontres n'étaient pas fréquentes, Marc était marié à une femme charmante, qui se consacrait à ses enfants et ne partageait pas sa passion. Maréchal bénissait le ciel parce que Laetitia, elle, ne rechignait jamais à l'accompagner.

Quand il l'aperçut, Saint-Yves lui fit signe qu'il allait lui ouvrir.

– Quelle bonne surprise ! s'exclama-t-il en lui serrant vigoureusement la main. Ça fait une éternité.

– Bonjour, Marc. Que veux-tu, je ne réussis pas tout le temps à mettre un peu d'argent de côté. De moins en moins d'ailleurs.

– Il va bien falloir que je trouve un moment pour t'accompagner. Mais Colette, les enfants… enfin tu sais tout ça.

Il fit en même temps un geste de la main comme pour chasser des idées désagréables. Maréchal sortit la grosse enveloppe de sa poche.

– Tu m'as bien dit qu'avant de devenir banquier tu avais été comptable ?

– En effet. C'était il y a bien longtemps.

– J'aurais besoin d'avoir ton avis sur ces feuillets. Bien entendu en toute confidentialité.

– Oh, je te trouve bien solennel ! Mais bien sûr. Tu sais que tu peux compter sur moi. Quoi qu'il y ait sur ces papiers, cela restera entre nous deux.

Maréchal avait toute confiance dans son ami.

– C'est que cela concerne quelqu'un d'important. J'aimerais que tu me dises ce que tout cela signifie. En clair, dans un langage « humain ».

Saint-Yves parcourut les feuillets, puis siffla entre ses dents. Son visage était devenu très sérieux.

– Tu as un peu de temps ?

– Ça dépend.

– En fin de matinée, ça te va ? C'est un peu compliqué. Je sais déjà de quoi il s'agit mais il me faut faire des calculs et j'ai un dossier à finir en urgence avant dix heures.

– Ça peut attendre jusque-là ! s'exclama Maréchal. La Terre ne s'arrêtera pas de tourner…

– La Terre non, mais cette boîte-là, je n'en jurerais pas, si ces papiers tombaient entre d'autres mains.

Il désignait l'en-tête de l'entreprise Delacroix. Maréchal fut impressionné par son air grave.

– Je vais rendre visite à quelqu'un à Saint-Donnat, je repasserai en fin de matinée.

– Ça ira et si tu veux je t'invite à manger un sandwich aux Platanes. Les jambon beurre de Ginette sont sublimes.

– Avec plaisir.

Remonté dans la 4L, qui démarra au premier tour de clé, il traversa La Grézade, repassa devant la boulangerie d'où le père Garrigues avait disparu et prit au carrefour suivant la route de Saint-Donnat. Au-dessus, le ciel était toujours d'un gris monotone, mais cette grisaille lui rappelait certains ciels de tableaux flamands et il régnait sur la campagne la douce lumière qui parle au cœur des nostalgiques comme lui. Au loin, il lui semblait apercevoir les sommets enneigés de la montagne. Il pensa à Laetitia. Sa présence lui manquait : comme il passait devant une cabine publique posée contre une station-service, il eut envie de s'arrêter et de l'appeler pour le lui dire. Il n'en fit rien et le regretta aussitôt. Il se dit qu'elle reviendrait bientôt, les vacances scolaires allaient s'achever et Jeannine et ses enfants devraient rentrer à Montpellier. Là commencerait le plus dur pour son amie, à moins que cet imbécile de Michel ne s'aperçoive de ce qu'il avait perdu... Mais à quoi cela servait-il ? Maréchal savait qu'il ne pouvait rien y changer. Il avait assez à faire pour conduire sa propre existence sans se mêler de celle des autres. Il se fit d'autres réflexions aigres-douces avant d'apercevoir après un tournant bordé de magnifiques chênes les toits de Saint-Donnat un peu noyé dans la brume.

Avant d'entrer dans la petite ville, il prit une route étroite qui s'enfonçait entre deux talus au milieu de champs pelés par l'hiver. Le chemin traversait des vergers dont au printemps, l'écrivain admirait les multitudes de fleurs blanches et roses. Après deux ou trois villas qui toutes avaient un potager respectable, il atteignit un chemin empierré qui montait légèrement vers une grande maison carrée, sans aucun intérêt architectural, mais dont les alentours témoignaient des soins continus des propriétaires.

Il se gara près de l'entrée et quand il descendit il jeta un coup d'œil sur la boîte aux lettres : « Monsieur et madame Paul Vialat et Laetitia ». Juste au-dessus, s'étalaient les lourdes branches d'un grand marronnier dont les fleurs rouges avaient plus d'une fois impressionné Maréchal. Il traversa la cour en gravier. Tout était impeccable, comme à chacune de ses visites. Les jarres alignées devant la façade avaient été préparées, et en avril ou mai selon le temps, on y planterait les éternels pétunias qui se couvriraient de fleurs jusqu'à l'automne. Un forsythia et quelques autres arbustes soigneusement taillés occupaient un massif sur un côté du garage. De l'autre, un puits en béton d'où sortait un tuyau relié à un petit bâtiment où se trouvait une motopompe pour arroser les jardins d'agrément devant la maison et un grand potager à l'arrière d'où les Vialat tiraient une quantité de légumes. Tout dénotait la proximité qu'entretenaient les propriétaires avec leur origine rurale. À chaque fois qu'il venait, Maréchal pensait à toutes les années où, petite fille, Laetitia avait vécu ici. Ce jour-là, il évita de trop s'attendrir et écoutant mieux il entendit des bruits venant de l'arrière. Il sourit et, passant sur le côté de la maison, il se dirigea vers un bâtiment en préfabriqué à l'entrée du potager. Là contre se trouvait un lavoir en ciment, de ceux qui étaient si populaires vers 1950. Les bruits venaient de l'intérieur de l'atelier de Paul Vialat.

La porte était ouverte et Maréchal l'aperçut penché sur son établi, en train de frapper et de limer une barre de fer dont l'usage lui parut mystérieux. C'était souvent le cas pour ce que fabriquait Paul, qui avait des idées mais peu de technicité. Il passait des heures dans cet atelier à confectionner des objets dont lui seul pouvait déterminer à l'avance l'usage. Le comble, c'était que la plupart du temps ces constructions peu orthodoxes fonctionnaient à la perfection. Il avait en particulier atteint à une sorte de génie dans l'invention d'outils pour l'arrosage de son potager. Si bien que madame Vialat lui avait garanti que les voisins venaient de temps en temps supplier Paul de leur confectionner la même chose.

Après avoir observé pendant quelques secondes son ami qui ne l'avait pas entendu arriver, Maréchal frappa contre la porte en tôle de l'atelier. Paul Vialat se retourna lentement avec la tranquille assurance des bonnes consciences. Quand malgré le contre-jour il reconnut l'écrivain, il posa sa râpe et se précipita.

– Franck ! Quelle bonne surprise ! Comment allez-vous ?

Aussitôt après, et pendant que Maréchal l'assurait de sa parfaite santé, le papa poule qu'était Paul Vialat demanda sur un ton déjà presque angoissé à l'idée d'une catastrophe :

– Et Laetitia ? Tout va bien au moins ?

– Mais oui tout va bien, le rassura Maréchal en lui serrant la main. Elle est restée à la montagne quelques jours encore. À cause de Jeannine et de Michel. Enfin je vous expliquerai. Qu'est-ce que vous fabriquez ?

– Un système.

– Paul, vous me parlez toujours de système !

– C'est que c'est spécial

– Ça aussi vous me le dites à chaque nouveauté.

Ils éclatèrent de rire.

– À quoi ça sert ?

– À arroser les petits pois en passant au-dessus des tomates.

– Ah, là je comprends mieux, fit Maréchal avec beaucoup de sérieux.

– Ne vous fichez pas de moi, Franck !

– Mais je vous crois, Paul. C'est seulement qu'on ne voit pas tout de suite comment ça peut fonctionner.

– Moi si, dit l'ancien gendarme avec assurance.

– Tant mieux.

– Bon dites-moi, Franck, quel bon vent vous amène ? Et ne me racontez pas que vous êtes juste venu pour me dire bonjour. Cette fois je ne vous croirais pas.

– Ah bon, et pourquoi donc ?

– Parce que je connais bien ce visage préoccupé que vous avez aujourd'hui et je me souviens que c'était le même que vous montriez à Valmogne[1] et à Hurlebois[2] !

– Vous plaisantez ?

– Non Franck. Vous oubliez que le b.a.ba de mon

1. Du même auteur : *Vengeance d'automne*, Albin Michel, 2000.
2. Du même auteur : *Hurlebois*, Albin Michel, 1999.

ancien métier c'était d'observer et, entre autres, d'observer les gens. Et vous j'ai eu assez l'occasion de le faire dans le passé. Aujourd'hui, comme vous m'avez dit que vous alliez bien et ma fille aussi, j'imagine que vos soucis sont ailleurs. Alors avec votre don pour vous ficher dans le pétrin, vous avez certainement sur le dos une nouvelle affaire.

Maréchal n'essaya même pas de nier. Paul Vialat était trop net et sans aucune ambiguïté, lui. Il valait mieux avouer.

– Oui, c'est vrai, Paul. Je suis venu vous demander quelque chose.

– Alors j'avais raison : un crime ?

– Quatre ! Peut-être cinq...

– Mazette ! Et pourquoi me demander à moi ?

– Parce que j'ai appris aux Platanes hier au soir que vous aviez eu affaire autrefois à un des protagonistes de cette histoire de La Bastide.

– De qui s'agit-il ?

– Il s'appelle Jérémie Perle.

– Perle ? Jérémie Perle ? Ça ne me dit rien...

Au moment où Maréchal allait expliquer, il l'arrêta.

– Attendez ! Il y a longtemps, dix ? Quinze ans ?

– Lucien Bonnafous dit vingt ans...

– Oui, c'est bien ça. Il se souvient des dates, Lucien, je l'ai remarqué. Il se souvient très bien de tout. Ça me revient. Ce Perle ! Quel été ! J'étais jeune alors. Je venais d'être nommé adjudant. C'était ma première histoire sérieuse. Ce barrage ! Quel remue-ménage !

– C'étaient des écolos ?

– Oui et dans le cas de Perle quelque chose en plus... À ce moment-là, je l'ai rencontré plusieurs fois.

Il paraissait être le meneur. J'ai compris après que ce n'était pas tout à fait ça. Il y avait des gens qui venaient d'ailleurs. C'est difficile à dire, surtout après tout ce temps, mais je crois bien me rappeler que mon problème avec Perle c'était que malgré ce qui se passait, malgré ce bazar qu'il menait à La Grézade, je ne pouvais pas le trouver antipathique.

Maréchal l'avait ressenti lui-même après sa visite à Combe rousse.

– Ce qui a tout gâté ensuite a été la disparition de cette fille.

– Carmen ?

– Oui c'est ça, elle s'appelait Carmen, Carmen Dufour. Mais comment vous savez ça, Franck ?

– C'est Lucien qui me l'a dit hier soir.

– Vous voyez qu'il se souvient de beaucoup de choses Bonnafous !

– Vous aussi, Paul, apparemment.

– Oui mais moi, c'était mon boulot. Cette fille a disparu, du jour au lendemain. Volatilisée. Elle habitait avec Perle la vieille ferme de Gargas qui aujourd'hui n'est plus qu'un tas de pierres. Vous savez bien à la sortie de La Grézade vers les collines à cinq kilomètres.

Maréchal acquiesça.

– C'était une drôle de fille elle aussi, continua Vialat. Il y avait pas mal de types qui lui tournaient autour. C'est du moins ce qu'on m'a dit à l'époque. Elle avait, comment dire, « des mœurs assez libres ». Le Perle il avait l'air de s'en moquer.

– Il a été inculpé ?

– Non, même pas. Il n'y avait aucune preuve de

quoi que ce soit. Cela aurait pu être lui ou un autre. Ou personne. Elle allait souvent se baigner à la rivière, elle a très bien pu se noyer dans un des trous d'eau. C'est ce que pensait mon adjoint de l'époque. Non, Franck ! Pas Montagné ! Un que je n'ai pas regretté. Il a fini au ministère, lui.

– Et après ?

– Après ? Je me souviens que l'avis de recherche avec sa photo est resté longtemps affiché sur le mur de l'accueil de la gendarmerie de Saint-Donnat. Un jour on a repeint, et il a disparu dans un classeur. Perle est resté à Gargas une paire de mois, puis lui aussi a disparu. Et je n'en ai plus entendu parler jusqu'à tout à l'heure. Qu'est-ce qu'il a fait cette fois-ci ?

– On le soupçonne dans l'assassinat d'un berger.

– Et vous, vous en pensez quoi ?

– Rien ! s'exclama Maréchal, sincère.

– Ne mentez pas, Franck ! Si vous êtes venu me parler de ça vous avez vos raisons. Ça prouve déjà que vous vous intéressez à cette histoire.

– Hélas !

– Ce sont les gendarmes de La Bastide qui enquêtent là-bas ?

– Oui. L'adjudant s'appelle Sébastien Costes.

– Connais pas.

– Il était à Châteauneuf avec Périer. Vous le connaissez, lui.

– Exact. Le monde est petit. Pour Perle, c'est tout ?

– Non. À La Bastide aussi, il a fichu du bazar et de nouveau pour une histoire de barrage.

– Sans blague ! Il a de la suite dans les idées !

– Je ne vous le fais pas dire. Et il y a autre chose. En

même temps que le berger, trois femmes, plutôt jeunes, ont été assassinées dans le secteur.

– Quand ?

– Là, maintenant. Autour de Noël.

– Curieux que je n'en aie pas entendu parler.

– Vous ne lisez pas le journal ?

– Mais non Franck, vous savez bien.

– Et savez-vous qui la police a envoyé là-bas ?

– Parce que la police s'en mêle, évidemment.

– C'est une grosse affaire, Paul.

– Je crains d'avoir deviné.

– Vous avez raison de craindre. Surtout pour Costes. Marcel Dubosc en personne !

– Et vous dites que l'adjudant est jeune. Tant mieux remarquez, il le prendra mieux qu'un vieux dans mon genre et puis une affaire avec Dubosc, c'est drôlement formateur. À tout âge d'ailleurs. Quand les événements d'ici vont arriver aux oreilles de Dubosc, et ça arrivera forcément, tout ressort un jour ou l'autre, Jérémie Perle va avoir des ennuis supplémentaires.

– Je ne vous le fais pas dire. Et pourtant…

– Ne me dites pas que vous êtes comme moi, Franck, que vous ne le voyez pas en coupable.

– Je m'en défends, mais c'est vrai que j'aurais tendance à lui accorder un préjugé favorable.

Il ne parla à Vialat ni de l'astrophysique ni des goûts picturaux de Jérémie Perle. Vialat ne s'intéressait ni à l'une ni aux autres.

– Qu'allez-vous faire ?

– J'aimerais vous répondre rien, et c'est ce que je vais essayer de faire. Il me tarde que Laetitia revienne et je vais laisser travailler vos collègues de La Bastide et Dubosc. Et je vais essayer d'écrire.

– Ce programme est excellent. Je vous souhaite de vous y tenir.

Il y avait dans le ton de Paul Vialat un certain scepticisme.

– Vous ne me croyez pas ?

– Oh si ! Vous avez vraiment l'intention de faire comme ça. En pratique…

Il n'y avait rien à répondre. Maréchal ne se voilait pas la face. Il était plus qu'intéressé par la personnalité de Perle, ces histoires d'écologie, les meurtres. Il sourit en écartant les bras.

– Vous voyez bien, Franck. Essayez au moins.

Maréchal changea de sujet.

– Et la pêche ?

– C'est fini pour moi.

– Pourquoi ? demanda l'écrivain alarmé et pensant à un ennui de santé.

– Je ne sais pas comment vous dire, mais l'an dernier à la fin de la saison, je me suis pris à regarder un de ces poissons que je pêchais depuis si longtemps. Et je dois dire qu'alors, j'ai été touché. Vous qui détestez la chasse, vous pouvez comprendre après tout. C'est pareil. On prend la vie de la même façon. Et je vais vous avouer quelque chose : je ne suis pas très sûr qu'on en ait le droit. (Il sourit gauchement.) Vous me trouvez idiot ?

– Pas du tout. Je pense la même chose depuis longtemps.

– Pourquoi ne me l'avez-vous pas dit ?

– Parce que j'ai de l'amitié pour vous et que je ne

suis pas un militant. Mais comment allez-vous faire maintenant ? La pêche, ça vous menait dehors.

– Je ferai comme vous tout simplement. Ou alors je prendrai des photos.

Maréchal sourit. Cet aveu lui plaisait.

– Il faut que je rentre. J'ai rendez-vous à La Grézade avec mon banquier.

– Des ennuis ?

– Non. Juste besoin de conseils.

Il ne pouvait parler à Vialat de cette histoire de comptabilité.

– Alors ce n'est pas cette fois que vous mangerez avec nous ? Simone sera déçue.

– Je le regrette, surtout que la cuisine de votre femme, ce n'est pas rien. Mais non, vraiment ce n'est pas possible. J'aimerais tout de même la saluer.

– Si vous êtes pressé, cela va être difficile. Elle est allée voir notre voisine et quand ça commence…

Il n'acheva pas, Maréchal était au courant.

– Alors vous lui direz bonjour de ma part.

– D'autant plus qu'elle est sûrement déjà au courant de votre venue : les nouvelles arrivent vite chez Mme Gontran. Elle va m'engueuler de ne pas vous avoir retenu pour manger.

Ils étaient revenus devant la 4L. Vialat regarda la voiture et s'abstint de tout commentaire.

– Au revoir, Paul, fit Maréchal en lui tendant la main.

Tout en rejoignant la route sur le chemin de la maison de Vialat, il regarda dans le rétroviseur. Oui, il aimait bien l'ancien gendarme. Au début, leurs relations avaient été un peu compliquées. Le père de Laetitia voyait d'un mauvais œil la différence d'âge entre l'écrivain et sa fille. Mais au fil du temps, et surtout à l'occasion des affaires qui les avaient par hasard réunis, ils avaient fini par devenir amis. Ils se voyaient rarement, Paul Vialat passait son temps au bord de l'eau. Maintenant qu'il avait abandonné cette activité, il faudrait lui proposer une balade un de ces jours.

Le récit de Vialat corroborait en tous points celui du cafetier. La figure de Jérémie Perle en ressortait plus nette, et surtout l'opinion positive de l'ancien adjudant confortait celle de Maréchal. Cela ne suffisait pas à l'innocenter, mais permettait au moins de ne pas foncer tête baissée en criant au coupable. Surtout quand il paraissait un peu trop désigné, et pour quelqu'un d'aussi intelligent que Perle, c'était surprenant. Maréchal avait tendance à penser que, coupable, il aurait mieux dissimulé ses traces.

Perdu dans ses pensées, il ne s'aperçut pas qu'il roulait un peu au milieu de la route. Un motard le doubla dans un hurlement de moteur, lui remettant les idées d'aplomb. Le temps était toujours aussi gris. Le vent qui s'était calmé du côté de Saint-Donnat soufflait de nouveau maintenant que la route avait quitté l'abri des collines. La lumière flamande du matin s'était changée en un jour un peu sale même si vers l'est quelques rayons de soleil timides paraissaient vouloir percer. Après un coude, il vit La Grézade nichée dans sa plaine avec ses maisons grises et roses et les grands arbres de la place qui formaient autour de l'église une couronne qui bougeait dans les rafales. Plus loin, d'autres bois dénudés entouraient le quartier où se trouvait La Valette. Un peu en avant le château paraissait sortir d'un chapitre du *Grand Meaulnes.*

Il se gara sur la place et descendit. Il était à peine onze heures et il était un peu en avance pour son rendez-vous avec Marc Saint-Yves. En remontant le col de son parka, il passa devant Les Platanes, fit un geste de la main au cas où Lucien serait à son comptoir et, prenant les petites rues qui tournaient autour du centre, il suivit la direction de la maison d'Adèle Campagnac, la tante de Laetitia, en haut du village. Il s'arrêta en voyant l'imposante maison de maître se découper sur le ciel gris. Cet endroit était chargé de souvenirs et il ne pouvait oublier la première fois qu'il était venu ici. Depuis, il rendait de temps en temps visite à Adèle, dont le grand cœur aidait les autres à vivre. Elle était âgée et chaque fois qu'il tirait le cordon de la clochette annonçant la venue d'un visiteur, il se demandait si c'était elle qui viendrait ouvrir cette magnifique porte ouvragée. Un jour viendrait où seul le silence répondrait à son appel. Cette fois encore le même : « Franck ! » vigoureux et plein d'affection l'accueillit. Ils s'embrassèrent affectueusement et Adèle demanda :

– Et Laetitia ? Elle n'est pas avec vous ? Elle travaille ?

– Non, elle est en vacances. C'est moi qui suis rentré plus tôt. Elle est restée à La Bastide chez Jeannine Charles. Vous la connaissez ?

– Oui, bien sûr, Laetitia me les a amenés, elle et son mari, l'été dernier. Il sont gentils.

– Ils viennent de se séparer.

– Ah !

Elle n'en dirait pas plus. Elle qui était au courant de tout ce qui se passait dans La Grézade ne se livrait jamais au moindre commentaire sur quiconque. Il appréciait sa discrétion.

– Venez avec moi à la cuisine, je prépare ma soupe.

Pendant qu'elle pelait ses légumes et qu'il contemplait la grande étendue d'espace qu'on voyait de la fenêtre de la cuisine et qui après les dernières maisons de La Grézade remontait loin là-bas vers les collines, ils bavardèrent de choses et d'autres.

– Vous vous souvenez de cette histoire de barrage il y a vingt ans ? demanda Maréchal en espérant que la mémoire d'Adèle puisse lui servir.

– Pour sûr, fit-elle tout en essuyant ses mains à son tablier à fleurs. Ce serait d'ailleurs difficile qu'il en soit autrement. Ça a fait la révolution ici pendant des mois ! Pourquoi vous me demandez ça ?

Il n'avait aucune envie de lui raconter ces histoires de crimes, il y avait dans cette maison une innocence à respecter. Il dissimula un peu la vérité.

– C'est Lucien Bonnafous qui me l'a raconté.

– Oui, Lucien était bien placé avec le café. Paul aussi doit s'en souvenir, il venait d'être nommé à Saint-Donnat.

– Je sais, dit Maréchal. Je viens de chez lui.

Elle l'observa et sourit finement.

– Est-ce qu'ils vous ont parlé de Carmen ?

Maréchal la regarda, surpris.

Vingt minutes plus tard, en quittant la maison il songeait à ce qu'elle lui avait raconté. Une rafale de vent fit battre un volet avec des claquements sourds, il se retourna et regarda avec tendresse la vieille dame. Comment ne pas se demander si ce n'était pas la dernière fois ? Le monde serait un peu plus dépeuplé pour lui, et cette frêle silhouette dont le vent faisait voler la jupe rejoindrait alors les autres ombres qui l'accompagnaient. Il lui fit un signe de la main et elle lui répondit. Quand il eut tourné le coin de la rue, il attendit deux ou trois minutes et revint sur ses pas pour s'assurer qu'elle avait bien réintégré son intérieur. Rassuré de la savoir de nouveau à l'abri dans ses murs, il descendit vers la place. Il était midi moins le quart.

12

Il faisait froid. « Très froid ! » se dit-il en fermant la baie du séjour alors que, dans le soir qui venait à grands pas, les lumières de La Grézade s'allumaient les unes après les autres derrière le rideau des arbres en dentelle.

Il fut tenté d'aller chercher une bûche dans l'appentis, mais il avait la flemme. Laetitia lui manquait tout à coup, énormément. Il récupéra dans la cuisine une boîte de biscuits qui traînait dans le placard et jeta un coup d'œil par la fenêtre. Tout l'est était noir, le ciel sans étoiles au-dessus des Cévennes. De retour dans le séjour, il s'installa sur le canapé en chaussettes et attrapa le livre acheté chez le bouquiniste de La Bastide. Il regarda la couverture : Antoine Delacroix, *La Restanque, un domaine du XIXe siècle.*

« Banal ! » pensa-t-il. Le journaliste aurait pu trouver mieux. La sonnerie du téléphone retentit, stridente. Il soupira et se releva. Le combiné à la main, il écouta la voix qu'il attendait ce soir justement :

– Franck ? Tu m'entends ?

– Oui, je suis là. Je m'ennuie de toi, avoua-t-il.

– Ça tombe bien : je rentre dans deux jours.

– Bonne nouvelle ! Et Jeannine et les enfants ?

– Ils vont bien, aussi bien que possible en tout cas. À propos, ton copain l'adjudant Costes t'envoie le bonjour.

– Qu'est-ce qu'il t'a dit ?

– Rien de spécial. C'est nous qui sommes allées à La Bastide, déposer comme prévu, Jeannine surtout, il nous avait téléphoné.

– Alors il ne t'a rien dit des crimes, fit-il.

La déception devait s'entendre dans sa voix.

– Tu as l'air de le regretter. Qu'est-ce que tu espérais ? Un nouveau meurtre ? Mais c'est seulement quand tu es là qu'on tue les gens !

Il sourit. Entendre sa voix le réconfortait.

– Il y avait l'autre, ton copain de la police. Il n'est pas marrant comme bonhomme !

Oui, ça c'était l'exacte définition de Dubosc.

– Il a bousculé Jeannine avec des questions pas possibles ! Et pour rien. Heureusement qu'il y avait Costes. Ah ! tu sais, la jeune femme qui avait disparu…

– Marie Péchin ?

– Oui, peut-être… Celle qui est si jolie… Elle est revenue chez elle.

– Et sa disparition ?

– Il paraît qu'elle était chez sa mère.

Ainsi la bibliothécaire n'était pas venue allonger la liste des victimes. Il se souvint des propos de Yolande Delmas. Une folle, celle-là ! Que cette fille soit revenue vivante l'étonnait un peu. Il s'en voulut, c'était une drôle de réaction de sa part ! Mais il devait reconnaître qu'il l'avait crue elle aussi vraiment menacée. Pourquoi ? Il n'aurait pu l'exprimer clairement. L'intuition ? Peut-être. En tout cas, cette fois elle était prise en défaut. Tant mieux.

– À propos, ton père t'envoie le bonjour.

– Tu l'as vu à La Grézade.

– Non, je suis allé à Saint-Donnat.

Tout en disant cela, il devinait la question qui allait suivre : « Et qu'est-ce que tu es allé faire là-bas ? » Mais l'instant d'après elle fit d'un ton désabusé :

– Ah oui ! je comprends, toujours préoccupé par ces meurtres.

– Alors tu rentres dans deux jours ? fit-il en tentant une diversion.

Peine perdue.

– Tu devrais ne pas t'en soucier, Franck, passer à autre chose.

C'était la première fois qu'elle lui disait ça.

– J'ai peur pour toi, peur qu'on veuille t'empêcher de fouiller, et de trouver, que sais-je ?

– Je suis prudent, tu sais, comme un renard.

– Sans doute, mais, ajouta-t-elle en baissant la voix, tu me manquerais tellement… (Mais aussitôt après elle dit d'une voix normale :) Oui, je rentrerai après demain.

Après quelques banalités destinées à cacher son émotion, il raccrocha en lui souhaitant bonne nuit. En lâchant le combiné, il se rendit compte qu'il ne lui avait rien demandé au sujet de Judith.

Il frissonna et remonta le thermostat du chauffage. Il allait bientôt geler. Installé de nouveau dans le canapé, il reprit la monographie de Delacroix. Le papier était de grande qualité. L'éditeur n'avait pas lésiné !

L'éditeur ? « Les presses de La Bastide », cela ne voulait rien dire. Probablement à compte d'auteur. Le journaliste s'était fait plaisir, même si cela ne cadrait pas tout à fait avec l'opinion de Maréchal à son sujet. Toutefois, chacun a ses petits travers. Un détail arrêta l'écrivain. L'ouvrage portait la mention « Deuxième édition ». C'était incongru. Était-il possible qu'un livre traitant d'un sujet aussi restreint que La Restanque, même avec le renfort de la notoriété de Jules Valier, s'écoule suffisamment dans un coin comme La Bastide pour nécessiter une réédition ? Il le feuilleta et nota immédiatement que le texte était aussi alerte que le laissait attendre ce qu'il connaissait de la prose de Delacroix. Les illustrations, les photos signées A.D. devaient être de lui aussi. Elles étaient belles et aidèrent Maréchal à poursuivre sa lecture, car malgré le style du journaliste, le sujet était au final assez insipide. En le reposant sur la table basse, un nouveau détail attira son attention. La pagination s'interrompait à la page 150 avec le mot FIN pour reprendre avec la table des matières à 167. Dans celle-ci, aucune mention des seize pages manquantes. Elles ne devaient donc pas faire partie du texte. Mais elles n'avaient pas non plus été arrachées, la reliure était intacte. Maréchal était intrigué. Devait-il téléphoner à Delacroix pour lui demander l'explication ? Mais c'était une idée idiote, et il avait bien d'autres choses à faire ! Le livre posé, il se releva et jeta un coup d'œil à la fenêtre.

La nuit était charbonneuse, seuls quelques lumignons flottaient vers La Grézade. Tout en contemplant ces lumières, il songea à sa conversation avec Marc Saint-Yves. Installé aux Platanes, le banquier avait attendu que personne ne se trouve près d'eux avant d'expliquer à Maréchal, tout en lui rendant l'enveloppe marron, qu'il s'agissait d'une affaire de fausses factures, qui s'étendait dans plusieurs directions et mettait en cause des sommes considérables et des personnes qui ne l'étaient pas moins. Il y avait là de quoi détruire au moins trois entreprises et salir plusieurs gros bonnets. De l'avis de Saint-Yves, tout cela devrait se trouver rapidement sur le bureau d'un procureur si l'on voulait avoir la conscience tranquille. Il fit remarquer à Maréchal qu'il lui laissait le champ libre pour ça, mais qu'il aurait préféré n'avoir pas connaissance de « ces saloperies ». Maréchal opina de la tête et le remercia après s'être fait expliquer plusieurs points obscurs. Ils s'étaient quittés peu après et l'écrivain avait senti la gêne de son ami quand ils s'étaient séparés. Avec le recul, il considérait cette affaire nauséeuse comme un truc infâme dont il aurait fallu rester le plus éloigné possible. Mais il n'avait pas cherché à avoir cette enveloppe ! Il avait beau se le répéter, il devait reconnaître que ce n'était pas pour rien qu'on lui avait envoyé ces documents. Les livrer à la justice ? Certes, mais avant il aurait aimé en savoir plus. À tort, il en était bien conscient…

Mû par une impulsion subite, il téléphona au chalet des Charles. Il n'était pas encore trop tard. Romain lui répondit, avec sa voix franche et nette habituelle.

– Qu'est-ce qu'il t'arrive ? demanda Laetitia. Tu as des remords de m'avoir abandonnée dans la montagne deux jours de plus ?

Il saisit la balle au bond :

– Au point que je pense venir te retrouver demain !

Il y eut un silence au bout du fil. Puis elle demanda lentement :

– Qu'as-tu encore appris, Franck ?

– Je ne peux pas t'en parler au téléphone. Je te dirai.

– Et moi qui ai cru une demi-seconde qu'il te tardait de me revoir...

– C'est le cas, affirma-t-il avec la plus grande sincérité.

Un ange passa et elle reprit :

– Tu viens en train ?

– Bien entendu. Je prendrai celui du matin, il arrive vers onze heures.

– J'y serai. J'avais justement une dernière course à faire, je grouperai.

– Bon alors à demain ?

– À demain Franck. À propos, la dénommée Marie Péchin a téléphoné juste après que je t'ai appelé. Elle voulait te parler, elle n'a pas dit de quoi.

Il y eut un silence et elle ajouta :

– Elle est vraiment aussi jolie que le dit Jeannine ?

– Laetitia ! fit Maréchal.

– Tu as raison ! C'était idiot ! À demain, Franck. Tu sais, je suis vraiment contente que tu viennes. Je t'embrasse.

Il se sentit fatigué. Il grignota quelques biscuits et se replongea dans la lecture du bouquin d'Antoine Delacroix. Vers dix heures et demie, il n'avait toujours aucune idée de la raison pour laquelle seize pages manquaient à ce livre et décida d'aller se coucher. Quand il referma les volets du séjour il constata que le froid s'était encore accru.

Le lendemain matin, les toits étaient blancs et du givre brillait sur la dentelle des arbres dénudés du parc de La Valette, la faible lumière de l'aube suffisait à les faire scintiller. Son train était à dix heures, il avait le temps. Dans son bureau, il contempla longuement le livre de Delacroix et l'enveloppe marron qui était restée posée dessus. Tout à coup, il eut le sentiment que dans ces deux éléments se trouvaient les réponses aux questions qui s'étaient présentées les dernières semaines. Il les glissa dans son sac de voyage et, après avoir fermé La Valette, il se dirigea vers sa 4L.

Le froid était piquant, mais le ciel bleu était coloré vers l'est par un soleil magnifique qui allait bientôt faire fondre le givre. La voiture démarra sans problème, et il salua la constance de son véhicule qui l'avait rarement habitué à une telle régularité depuis bien longtemps. Il eut presque envie, alors qu'il prenait la route de Saint-Donnat après avoir traversé La Grézade et l'habituel spectacle matinal de ses rues, de se rendre en voiture à La Bastide. Mais il mettrait plus de temps et surtout il n'était pas sûr de la satisfaction de Laetitia si elle le voyait surgir au volant de son « carrosse ». Il l'abandonna donc sur le parking de la gare de Saint-Donnat et monta dans le train, pratiquement vide.

Son cœur bondit comme d'habitude quand il aperçut la silhouette de Laetitia au bout du quai totalement désert de La Bastide. Elle était venue seule,

Jeannine avait voulu préparer le départ du chalet où ils ne reviendraient sans doute pas avant le printemps. Laetitia déclara qu'elle devait se rendre au centre du bourg pour une retouche de vêtements. Depuis longtemps Maréchal avait renoncé à comprendre ce que recouvrait ce mot qui pouvait transformer une banale modification de longueur en l'achat d'un tout autre modèle, souvent d'ailleurs plus du tout en solde, et souvent plus onéreux. Comme elle lui avait rappelé le coup de fil de Marie Péchin, il décida d'en profiter pour se rendre à la médiathèque. Laetitia haussa un sourcil, mais sourit aussitôt. Ils se comprenaient à demi-mot. Maréchal précisa que, de toute façon, il avait un renseignement à demander à la bibliothécaire au sujet d'un livre sur Jules Valier.

Dans le hall, les toiles de Pedro Leroi avaient été remplacées par d'autres tout aussi laides d'un certain Dupont. Cette fois, il y avait quelqu'un à l'accueil. Il reconnut Florence Dupuy. Elle paraissait remise de ses émotions. Marie Péchin se trouvait dans la salle de lecture où un technicien réparait le système informatique. Florence lui indiqua l'ascenseur, mais Maréchal, fidèle à ses engagements, prit la direction de l'escalier.

Il passa devant la pièce des archives où ils avaient trouvé le corps de Michèle Druille et entra dans la salle de lecture. Deux jeunes gens étaient assis à des bureaux en train d'étudier. À un autre, il reconnut le même technicien qu'il avait vu arriver l'autre fois au journal de La Bastide. Le bourg ne devait pas compter beaucoup de spécialistes de la technologie. Quand elle l'aperçut, Marie Péchin se précipita vers lui. Cet empressement le gênait, d'autant qu'il eut l'impression que le réparateur d'informatique lui décochait un regard envieux.

– Franck ! C'est gentil d'être venu ! Comment allez-vous ?

– Bien. Et vous-même ? fit-il en lui tendant la main très vite comme s'il craignait qu'elle ne veuille l'embrasser. Vous m'avez téléphoné hier, n'est-ce pas ?

– Oui, c'est exact. (Elle paraissait mal à l'aise.) J'ai une demande à formuler, mais j'ai peur d'abuser.

– Dites toujours, on verra bien, répondit-il sur le ton le plus neutre possible.

– Seriez-vous d'accord pour dédicacer vos livres aux lecteurs de la médiathèque ?

– Vous voulez dire ceux qui sont dans la vitrine ?

– Ah non ! Pas ceux-là, ce sont les miens. Et j'ai pensé d'ailleurs que vous auriez sans doute la gentillesse d'y porter quelques mots. Pour nos lecteurs, j'ai fait venir des exemplaires de chez votre éditeur.

Ainsi les livres appartenaient à cette jeune femme ravissante. Il aurait dû en être flatté, mais il avait finalement peu de sympathie pour elle. Elle en faisait beaucoup trop. Et puis, il avait ses têtes... Mais il aurait été malséant pourtant de refuser.

– Bien sûr, je signerai tous ces livres. Vous voulez qu'on fasse ça maintenant ?

– Si ce n'est pas trop vous demander.

– Du tout. Mais en attendant, j'ai moi aussi un service à vous demander.

– Dites, je serai ravie...

– Je voudrais consulter le livre d'Antoine Delacroix qui se trouve dans la vitrine.

Elle parut surprise, mais acquiesça.

– Avez-vous visité La Restanque ?

– Oui, Jeannine nous y a emmenés.

Elle ouvrit la vitrine, puis lui tendit la monographie.

– Installez-vous à un de ces bureaux. Je vais chercher les exemplaires de vos livres.

Quand elle revint dix minutes plus tard, les bras chargés, il s'efforça de sourire, malgré ce qu'il venait d'apprendre en feuilletant l'édition originale. Avec une bonne volonté louable, il signa les exemplaires de la médiathèque, puis ceux de Marie Péchin, mettant un point d'honneur à porter une dédicace originale à chacun de ces derniers au ravissement abondamment exprimé de leur propriétaire.

Il retrouva Laetitia sur la place et ils rentrèrent au chalet sous un froid soleil d'hiver qui brillait modestement au milieu d'un ciel gris-bleu dont on aurait eu de la peine à prévoir l'évolution dans les prochaines heures. Maréchal avait besoin de réfléchir à ce qu'il avait appris, mais il s'efforça de passer l'esprit libre la journée au chalet, ne serait-ce que pour remercier Jeannine de son accueil. Même si de gros nuages passaient par moments dans son regard, elle avait aussi déclaré avec satisfaction à Maréchal, reprenant ainsi une conversation qui datait de son arrivée à La Bastide, que Julie avait finalement largué – le mot même de Jeannine – son nouveau copain et retrouvé le remarquable Jérôme. La jeune fille semblait d'ailleurs très heureuse et passa de longues minutes au téléphone avec le revenant. Ce n'était pas le cas de Judith qui arborait toujours un air sombre et fixa Maréchal à plusieurs reprises avec amertume, comme si elle songeait à d'autres soirées en famille désormais disparues par la faute de son père.

Vers neuf heures du soir le téléphone sonna. Judith tendit le combiné à Maréchal.

– Un certain Costes.

Le temps de remarquer le coup d'œil inquiet de Laetitia et Maréchal salua l'adjudant.

– La bibliothécaire m'a dit que vous étiez de retour, expliqua-t-il. Elle a dû revenir pour sa déposition, c'est votre copain Dubosc qui la poursuit.

– Dubosc ? Je ne savais pas qu'il s'intéressait aux jolies femmes, fit Maréchal.

– Lui ? Imaginez-vous ! Non, il cherche toujours les poils sur les œufs ! En fait, j'espérais que vous aviez vous du nouveau.

– Écoutez, Costes, on pourrait se voir demain matin. Je rentre chez moi avec Laetitia et cette fois pour de bon. Mais elle a une course à faire en ville avant notre départ. Si vous voulez, je passerai vous voir, mais je ne peux pas vous dire à quelle heure.

– Ça ne fait rien. Je suis bloqué au bureau toute la matinée à cause des rapports que je dois taper du fait des lubies de l'inspecteur.

Son ton était joyeux tout à coup, comme si les paroles de Maréchal lui avaient donné de l'espoir. C'était fou, pensa ce dernier. Comme s'il détenait une quelconque vérité !

– Ne vous faites pas d'illusions, Costes, je n'ai pas la clé du problème…

– Pas encore.

C'était un peu décourageant, mais très sympathique. Le jeune adjudant devait en avoir assez de cette enquête, surtout depuis que Dubosc s'acharnait sur lui.

– Allez, bonsoir, Costes.

Maréchal raccrocha en souriant.

En sortant du chalet le lendemain, Maréchal regretta que, pour leur départ, le beau temps ne fût pas de la partie. Il essaya bien de distinguer la ligne de crête au-delà des sapins mais ils accrochaient de leur cime des langues de brume qui remontaient de la vallée et de Combe rousse. La neige elle-même paraissait grise. Le froid avait durci les traces autour du chalet, figeant des trous dans la neige et rendant la marche difficile. Maréchal en avait assez, cette histoire n'avait que trop duré. Il se demanda pourquoi finalement il était revenu. Alors qu'il avait souvent de la peine à quitter les lieux, à se séparer des choses, là il mit un zèle considérable à aider Laetitia à faire leurs sacs, et à ranger le chalet. Il avait été décidé qu'ils partiraient en même temps que Julie et Romain. Jeannine et Judith restaient jusqu'en fin de matinée pour finir les rangements et fermer le chalet qui allait passer encore de longs mois d'hiver sans visite.

Laetitia conduisait avec une prudence inhabituelle, impressionnée par les recommandations de Jeannine au sujet des plaques de verglas qui devaient s'être multipliées à cause du froid de la nuit précédente, dans la descente vers La Bastide.

Quand ils arrivèrent au bout du chemin, Maréchal jeta un dernier regard vers le chalet. Son séjour resterait un mauvais souvenir. À cause des meurtres impunis, et aussi de l'abandon de Michel et la peine de Jeannine et des enfants. Maréchal supportait de moins en moins toute cette douleur des sentiments bafoués. Il s'efforça pourtant de rendre le trajet aussi gai que possible, il en fit sans doute un peu trop car sa compagne finit par lui lancer des coups d'œil interrogatifs. L'arrivée à La Bastide lui évita de se justifier et ils se garèrent sur la place du bourg.

Il la regarda s'éloigner sur la place, silhouette magnifique et si fragile, comme celle d'une enfant au bord de se perdre dans l'indiscernable. Pourquoi pensait-il cela tout à coup ? Peut-être à cause de cette lumière éteinte qui baignait La Bastide, de ce froid coupant dont ses vêtements le protégeaient mal, sans doute aussi d'une certaine lassitude.

Il traversa la place dans l'autre sens et s'engagea vers la gendarmerie. Il atteignait le premier carrefour quand il entendit claquer des talons dans son dos. Il se retourna intrigué. Angela Delbreil se précipitait vers lui, l'air soucieux.

– Bonjour monsieur Maréchal. Vous me reconnaissez ?

Il eut envie de lui répondre qu'il était difficile de l'oublier, surtout après l'avoir vue nue au chalet de Jérémie Perle.

– Bonjour mademoiselle Delbreil.

– Madame, corrigea-t-elle.

– Bien, fit-il laconiquement, attendant la suite.

– Vous connaissez l'inspecteur Dubosc, n'est-ce pas ?

– Un peu, reconnut-il.

– Lui a l'air d'avoir de la considération pour vous.

C'était la deuxième fois qu'on le lui disait, et cela l'étonnait. La clerc de notaire ne devait pas, elle non plus, saisir l'humour si particulier de l'inspecteur.

– J'ai besoin de vous, monsieur Maréchal.

Cela l'étonnait, vu le caractère qu'elle paraissait avoir et qu'il lisait d'ailleurs dans ses beaux yeux gris.

– L'inspecteur s'acharne sur Jérémie. Il n'a rien contre lui, il a été obligé de lever la garde à vue mais il le harcèle toujours, il le croit capable d'avoir commis ces affreux meurtres. C'est mal connaître Jérémie Perle.

– Je voudrais bien vous aider, madame, mais vous me surestimez. Je n'ai aucun moyen de pression sur Dubosc avec qui je n'ai pas les bonnes relations que vous semblez imaginer.

Elle parut surprise, mais se ressaisit vite :

– L'adjudant Costes m'a dit que vous enquêtiez de votre côté.

Il fit un geste vague. Il venait de se souvenir que c'était elle qui avait révélé à Jeannine Charles la teneur du testament de Valier.

– C'est dans votre étude qu'est déposé le testament de Jules Valier, n'est-ce pas ? Mon amie Jeannine Charles m'a expliqué l'histoire de ce domaine qui ira bientôt à son association.

– Ah oui. Mais vous savez, c'est un peu plus compliqué que ça.

– Ah bon ?

– Oui, ce n'est que la première partie du testament. Et il y a une deuxième page

– Et que dit-elle ?

– Vous savez bien que je n'ai pas le droit de vous répondre, secret...

– Vous en avez bien parlé à Jeannine, la coupa-t-il.

– Un moment de faiblesse...

Cet aveu le désarma. Comment l'accabler ? Mais elle était un peu plus « compliquée » que cela. Elle sourit légèrement.

– Maintenant, si vous sortiez Jérémie d'affaire, cette deuxième page...

Il aurait dû se mettre en colère, mais son regard révélait une telle malice qu'il était désarmé.

– Donnant donnant. Je fais mon possible pour Perle et, avant tout parce que je le crois moi aussi innocent, mais d'abord vous me communiquez la deuxième page.

Maréchal jouait avec le feu. Tout cela était parfaitement illégal, il risquait gros à s'immiscer ainsi dans l'enquête de la police. Cependant, il avait l'impression de tenir quelque chose. Elle réfléchit. Si elle acceptait, elle prenait aussi un énorme risque, car Maréchal, une fois le renseignement obtenu, pouvait laisser tomber Perle.

– Suivez-moi, l'étude est tout près d'ici.

Vingt minutes plus tard, il ressortait de chez le notaire et se précipita dans le magasin où se trouvait Laetitia. Il la trouva en train d'essayer un chemisier. Sans lui donner d'explication, il demanda :

– Tu as ton téléphone ?

– Bien sûr. Mais…

– Oui je sais, je devrais en avoir un moi aussi.

Elle prit son sac à main et lui tendit l'appareil.

– Je ne sais pas m'en servir, tu le sais bien ! Est-ce que tu as le numéro du chalet sur ton répertoire ?

– Oui, bien sûr.

– Compose-le.

Devant son air sérieux, elle le fit et lui tendit l'appareil.

Il prit le portable et sortit du magasin. Il laissa sonner. Jeannine devait être encore occupée. Il commençait à perdre espoir quand il entendit sa voix.

– Allô. Oui ?

– C'est Franck, expliqua-t-il. J'ai une question à vous poser : quels sont les membres fondateurs de votre association ? J'insiste : fondateurs selon les statuts.

– Pourquoi me…

– Je vous le dirai plus tard. Donnez-moi les noms.

– Attendez que je ne dise pas de bêtises. Il y avait cinq membres fondateurs. Moi, bien entendu, Martine Mestre parce que Lionel n'avait pas voulu apparaître pour je ne sais quelle obscure raison. Ensuite Hortense Rives et Michèle Druille.

Elle parut réaliser qu'elle restait la seule à être vivante, et dit après un silence :

– C'est impressionnant.

– Je ne vous le fais pas dire, mais vous avez dit cinq ! Il manque un nom.

– Yolande Delmas.

Elle paraissait soulagée de découvrir qu'elle n'était plus la seule.

– Vous la connaissez bien Mme Delmas ?

– Comme vous le savez, elle sponsorise notre association depuis des années. Mais il n'y a rien à dire d'elle ! En dehors de ce que vous avez pu constater... Elle finance la culture pour exister un peu par rapport à son frère.

– Son frère ?

– Yolande est la sœur de Raoul Delacroix.

Maréchal soupira. Ce n'était pas possible ! Comment les choses pouvaient-elles être aussi compliquées ? Il laissa passer deux ou trois secondes et il allait remercier Jeannine quand il l'entendit dire :

– C'est bizarre.

– Quoi ?

– On dirait que quelqu'un vient vers nous en se cachant le long des sapins.

– Vous voulez dire vers le chalet ?

– Oui, Franck, un type, je le vois mal. Il a un passe-montagne et c'est ça, il se cache.

Maréchal était atterré. Pourtant c'était exactement à cela qu'il fallait s'attendre ! Il s'en voulait de ne pas y avoir pensé plus tôt et de ne pas avoir cherché à voir cette deuxième page du testament de Valier. Il s'efforça de parler calmement :

– Judith est avec vous ?

– Oui, dans la cuisine.

– Fermez les portes et restez près du téléphone.

– Oui, Franck.

Il y avait de l'inquiétude dans sa voix. Elle se changea en angoisse quand elle ajouta :

– Franck ! il est en train de taper sur le fil du téléphone avec une grosse branche. Qu'est-ce que...

La ligne se coupa et Maréchal, livide, rentra dans le magasin.

– Raccroche ce foutu machin, dit-il à Laetitia et compose le 17.

Elle fut visiblement impressionnée par sa mine et lui tendit le portable. Comme il ressortait, elle l'accompagna en demandant :

– Qu'est-ce qu'il se passe ?

Il la fit taire d'un geste et demanda :

– Je voudrais parler à l'adjudant Costes. C'est urgent.

– C'est vous monsieur Maréchal ? C'est Thierry, vous vous souvenez ?

– Oui, dit Maréchal. Où est Costes ?

– Il est allé au col de l'Homme, où il y a eu un accident.

– Vous pouvez me mettre en contact avec lui ?

– Je vais l'appeler à la radio. Ça devrait marcher.

Quelques secondes plus tard, il entendit la voix de Costes.

– Alors Maréchal, ça va ? Qu'est-ce qu'il vous arrive ?

– Ne me demandez pas d'explication ! Si vous avez confiance en moi, allez tout de suite au chalet des Charles. Un type est en train d'essayer de s'y introduire après avoir coupé le fil du téléphone.

Il y eut un silence.

– Je fonce ! La communication va être coupée à cause de la montagne. Allez à la gendarmerie, je vous tiendrai au courant.

– Non, on monte nous aussi au chalet. Dépêchez-vous, Costes ! Je suis très inquiet.

Comme l'avait annoncé l'adjudant, la communication fut coupée peu après. Maréchal pensa : « Pourvu que Costes arrive à temps ! »

Laetitia avait compris. Sans un mot, elle partit vers la Golf.

Maréchal se demanderait longtemps comment Laetitia avait pu rouler aussi vite sur cette route sinueuse et verglacée. Ils arrivèrent très rapidement au chalet. Dans la montée, il avait aperçu les éclats jaunes du gyrophare des gendarmes. Étaient-ils arrivés à temps ? En s'approchant, il distingua une forme tassée sur le siège arrière de la camionnette bleue. Le type était maintenu ferme par un homme de Costes tandis que ce dernier l'interrogeait.

Maréchal n'était pas étonné qu'Antoine Delacroix garde le silence. Son regard intelligent se fixa sur lui quand il le vit approcher dans la neige. Maréchal crut y lire une certaine ironie. Il lui fit même un petit signe de tête. Mais Maréchal était hors jeu maintenant, c'était aux gendarmes de se débrouiller avec Delacroix. Ils se dirigèrent, Laetitia et lui, vers la terrasse du chalet où il venait d'apercevoir avec soulagement Jeannine et sa fille. Il fut touché quand la jeune fille courut vers lui et l'embrassa en disant :

– Merci, Franck !

Épilogue

– Nous attendons des renforts pour ratisser le secteur. On aura de la peine à faire parler ce type.

Il désignait le fourgon où son collègue gardait toujours le journaliste.

– Qui aurait cru ? Antoine Delacroix coupable !

– Comme je ne veux pas faire de cadeau à Dubosc, et surtout parce que j'ai de la sympathie pour vous, Costes, je vais vous dire ce que je crois qu'il s'est passé. Il reste des zones d'ombre, mais en gros, voilà l'histoire.

Ils étaient un peu à l'écart du chalet, au milieu de la prairie couverte de neige. Dans le ciel on distinguait maintenant quelques trouées de bleu.

– Toute cette affaire est liée au domaine de La Restanque. Je savais depuis un moment que le testament de Valier prévoyait que le château irait à l'association de Jeannine Charles, celle des Amis de Jules Valier, pour en faire un centre culturel. Mais il y avait des à-côtés…

Il raconta au gendarme son achat du livre d'Antoine Delacroix et sa découverte d'une première édition.

– Je l'ai consultée à la médiathèque de La Bastide. Cette première mouture comportait une sorte d'encart publicitaire concernant un immense projet immobilier européen sur le domaine. Inutile de vous dire que l'entreprise de Raoul Delacroix était concernée au premier rang ! Un pactole ! Sans doute ont-ils finalement pensé qu'il valait mieux être discrets sur ce projet, d'où une deuxième édition, sans l'encart, mais ils ont oublié l'exemplaire déposé à la médiathèque. Et puis tout ça ne tenait pas compte du testament. Quand il est ressorti, *ils*, c'est-à-dire ceux qui avaient eu l'idée de ce projet et avaient dû obtenir des assurances, peut-être de la veuve de Valier, je ne sais pas, ces gens, donc, ont compris que l'association allait leur subtiliser le trésor. Comment ont-ils su pour le testament ? Quelqu'un a dû parler. Angela Delbreil l'a bien dit à Jeannine Charles ! En tout cas, ils ont vu le morceau leur échapper, et par-dessus le marché la situation de l'entreprise Delacroix s'est dégradée. En plus, quelqu'un possède des documents les mettant en cause, je le sais, je les ai eus et je vais vous les passer. Dès lors, il n'y avait plus qu'un moyen de sauver l'entreprise et leur fortune : récupérer La Restanque et bâtir le fameux complexe. Seulement, il fallait se débarrasser d'un certain nombre de personnes. Et c'est Antoine, le journaliste, qui s'en est occupé ! Contrairement à ce qu'on raconte, il s'entend très bien avec son frère Raoul. Il fallait éliminer d'abord le seul véritable héritier de Valier, héritier lointain mais héritier tout de même, le berger qui a été trouvé pendu. Ça a dû être facile, il connaissait Antoine Delacroix, je les ai vus ensemble à La Bastide. Il n'a pas dû se méfier. Restaient ensuite les membres fondateurs de l'association. À mon avis, Antoine Delacroix a agi seul, mais je peux me tromper. Hortense Rives, Martine Mestre, Michèle Druille. Deux membres étaient susceptibles d'hériter en cas de disparition de l'association, disparition qu'on provoquait aussi en les éliminant. J'en ai conclu que Jeannine serait la prochaine victime. J'avais raison. Vous êtes arrivés à temps. Yolande Delmas était la dernière personne sur la liste. Mais elle ne risquait rien, elle est la sœur de Raoul et d'Antoine Delacroix. Une fois qu'elle héritait de La Restanque, il était facile de la manœuvrer. Elle est peut-être aussi dans le coup. Comme Jeannine Charles vit toujours, grâce au ciel et à vous, Costes, l'association existe toujours, Angela Delbreil me l'a confirmé et La Restanque va finalement aller à ceux que Valier avait choisis, même si Jeannine a l'intention de la donner aux Affaires culturelles, ce qui me semble une excellente idée.

Costes allait parler quand son collègue l'appela :

– Chef ! Venez vite, on vous appelle de La Bastide.

Quand l'adjudant revint trois minutes plus tard, il déclara :

– Raoul Delacroix vient de se suicider d'un coup de fusil.

– Peut-être ce qu'il avait de mieux à faire, surtout avec ces papiers, dit Maréchal en lui tendant l'enveloppe marron.

– Qui vous les a fait passer ?

– Je crois que c'est Jérémie Perle, il est au courant de bien des choses. Mais je vous demande de le laisser en paix si vous pouvez.

– Alors il n'y est pour rien ?

– J'en suis certain, surtout depuis que la tante de Laetitia m'a raconté ce qui s'était passé lors de la disparition de Carmen Dufour. En réalité, la dame avait filé avec un marchand ambulant. Adèle Campagnac l'a su par…

Maréchal s'interrompit. Il avait devant lui le visage de l'adjudant sur lequel il lisait la plus complète incompréhension. Il soupira.

– Je vais vous donner un conseil, appelez l'ancien adjudant Vialat à Saint-Donnat, c'est le père de Laetitia, il vous racontera ça.

– Ah, évidemment, si c'est le père de Laetitia, tout devient clair, fit Costes sur un ton désabusé alors que son regard démentait ses propos.

Il soupira à son tour et ajouta :

– Pour Perle, je ferai mon possible.

Costes paraissait soucieux.

– Il va me falloir expliquer tout ça à Dubosc…

– Ne vous laissez pas avoir, Costes. Prenez ce que je vous ai raconté à votre compte et servez-vous-en. Ne laissez pas Dubosc vous voler ça. Moi je vais disparaître de la scène, je serais content que cela vous permette de grimper !

– Merci, Maréchal, dit le jeune gendarme avec un regard rempli de gratitude. Je ne sais pas comment…

– Ne cherchez pas, le coupa Maréchal en lui serrant la main. Je vous aime bien, Costes, mais je ne vous dis pas à bientôt.

– On ne sait jamais ! Le pays est petit !

– Vous trouvez ? fit l'écrivain en s'éloignant et en montrant d'un large geste de la main le paysage.

Le ciel était devenu tout bleu et illuminait la montagne. Mais même cela n'aurait pas retenu plus longtemps Franck Maréchal. Il se dirigea à grands pas vers la fine silhouette de Laetitia qui attendait en compagnie de Judith et de sa mère.

– Tu es sûre que ça va aller ? demandait la jeune femme à Jeannine.

– Mais oui, je t'assure. On va partir toutes les deux comme prévu, dès que les gendarmes n'auront plus besoin de nous. Il nous tarde de rentrer maintenant.

Alors que la Golf descendait les premiers lacets, Maréchal se demanda si la nuit prochaine Jérémie Perle sortirait son télescope du hangar pour observer la beauté du monde et la galaxie d'Andromède.

DU MÊME AUTEUR

Aux Éditions Albin Michel

LE JARDIN DES HESPÉRIDES, roman, 1994.

HAUTES TERRES, roman, 1996 (Prix Charles Exbrayat).

BLANCHE DES SOLITUDES, roman, 1997.

LES GARRIGUES ROUGES, roman, 1998.

HURLEBOIS, roman, 1999.

VENGEANCE D'AUTOMNE, roman, 2000.

LES CENDRES DE JUIN, roman, 2002.

MALETERRE, roman, 2003.

LE MAS DES PEURS, roman, 2004.

UN CHÂTEAU EN PROVENCE, roman, 2005.

L'INCONNUE AUX CHEVEUX ROUGES, roman, 2006.

LES CHÊNES DE MONTFORT, roman, 2007.

LES PEUPLIERS DE SAINT-JULIEN, 2008.

Le roman du Canal du Midi

1. LES HOMMES DU CANAL, roman, 2001.

2. LES BELLES DU MIDI, roman, 2001.

Chez d'autres éditeurs

LE VASTE MONDE, roman, Laffont, 1989 (Prix Terre de France/La Vie, Prix Cinélect).

L'OFFRANDE DU SUD, roman, Laffont, 1991.

LES LARMES DE LA VIGNE, roman, Seghers, coll. Mémoire vive, 1991.

MAX SAVY, LE LONG CHEMIN, Inard, 1992.

Composition IGS-CP
Impression CPI Bussière en mai 2009
à Saint-Amand-Montrond (Cher)
Éditions Albin Michel
22, rue Huyghens, 75014 Paris
www.albin-michel.fr

ISBN 978-2-226-19236-3
N° d'édition : 25949. – N° d'impression : 091395/4.
Dépôt légal : juin 2009.
Imprimé en France.

J-6—